KB237662

나는 대학에
가지 않았다

살림Friends

나는 대학에 가지 않았다

삶이 길이 되고 꿈이 땀이 된 고졸 청년들의 이유 있는 선택

박영희 지음

살림Friends

대한민국에서 대학은 선택의 문제일까?
우리나라 전체 고교생 중 83%는 대학으로 향한다.
나머지 17%의 청년들은 고졸 출신이라는
이름표를 달고 곧장 삶의 현장에 뛰어든다.

이 책은 그들 17%의 희망에 관한 기록이다.

　최근 5년간(2007년 3월부터 2012년 2월까지) 재학 중에 학교를 그만 둔 고교생 수가 17만 명에 이른다고 한다. 안타까운 일이 아닐 수 없다. 한 해 평균 3만여 명의 고교생이 이런저런 사정으로 학교를 떠난 셈이다.

　교육과학기술부는 '학교 부적응'이 그 이유의 절반을 차지한다고 밝혔다. 글쎄다. 암만 생각해도 그 통계가 좀 미심쩍다. 학교에서의 부적응만 있을 뿐 정작 국가와 정부, 교육과학기술부는 이 문제에서 발을 빼고 있는 것 같아서다. 만날 국가는 학교와 학생 탓만 하고 있지 않은가.

　5년 전부터는 스스로 목숨을 끊는 학생 수가 부쩍 늘었다. 한 해 평균 200명을 넘어서고 있다. 이쯤에서 한 가지 묻고 싶다. 왜 대한민국 학생들은 재학 중에 학교를 그만두고, 자살로 그 답안지를 내는 걸까? 이 문제에 어른들은 아무런 지은 죄도 없는 것일까? 아마 죄목을 따지자면 적잖을 것이다. 수수방관한 죄, 등을 떠민 죄, 안 그런 척 부추긴 죄, 잠 못 들게 한 죄, 최고의 순위로 몰아간 죄…… 아, 그런데도 어른들은 꿈쩍도 않는다. 내 자식만 탈 없으면 그만이라는 표정이다. 참으로 못된 어른들이다. 저 많은 청소년들이 학교를 그만두고 자살을 하는데도, 다른 나라의 이야기인 것처럼 받아들인다.

문득 명지대학교에서 교수로 있는 강규형의 말이 머리를 스쳐간다.
"우리나라 경제 수준에서 80퍼센트의 대학 진학률이 과연 정상적일까? 미국 60~70, 일본 50, 유럽 선진국 40~50퍼센트와 비교해도 한국의 대학 진학률은 비정상적으로 보인다."
어디 그뿐일까. 2012년 현재 대학을 졸업한 청년 실업자 수만 40만 명에 이른다. 여기에 박사학위를 딴 실업자 수를 합하면 대한민국은 공부를 너무 많이 해서 과부하가 걸린 상태다. 벌써 여러 해 일자리 좀 달라며 아우성이다.

언제부터 우리 사회에서 대학교 진학이 의무교육처럼 되어 버린 걸까. 고등학교 졸업만으로는 정말 사회생활이 불가능한 것일까? 나는 우리가 이 문제를 좀 더 깊게 고민해 보아야 할 필요가 있다고 느꼈고, 그래서 가방을 짊어지고 길을 떠났다.

그리고 여기 내가 만난 11명의 청년들이 있다. 이들의 공통점은 고등학교를 졸업한 뒤 대학에 진학하지 못했거나 하지 않았다는 것. 지난해 고등학교를 졸업한 뒤 보령화력발전소에서 근무하는 성문 군은 집의 가장이 된 게 기쁘다 하였고, 헤어디자이너의 길을 걷고 있는 현미 양은 중학교 2학년 때 이미 자신의 진로를 결정했으며, 경마장에서 기수와 말 관리사로 일하는 아나 양과 성수 군은 자신의 직업에 자긍심을 갖고 있었다.

아버지가 운영하는 이삿짐센터에서 일을 돕고 있는 재성 군은 집안에 머리가 아닌 몸으로 사는 자식도 하나쯤 있어야 하지 않겠냐며 너털웃음을 지었고, 11명의 청년들 중에서 가장 밝았던 혜영 양은 대학에 진학하지 않고 새마을금고에 취업한 게 최고의 행운이라고 하였다. 참으로 즐겁고 기쁜 만남이 아닐 수 없었다.

서른을 코앞에 둔 나이 때문이었을까. 동효 씨와 용남 씨는 벌써 이타의 삶에 발을 들여놓은 상태였다. 앞으로 절대 혼자서만 배불리 살지 않겠다는 그들의 마음과 실천에 절로 고개가 숙여졌다. 같은 직장에 근무하는 준혁·성현 군, 간호사로 근무하는 유나 씨에게도 고마운 마음이다. 그들에게서 하나같이 열심히 살아가는 모습을 볼 수 있었기 때문이다.

펜을 놓기 전 한 가지 덧붙이고 싶은 말이 있다. 고등학교만 졸업하

고도 우리 사회의 당당한 일꾼으로 살아가는 이들의 미래에 학력에
서 비롯되는 사회적 차별과 격차가 있어서는 안 된다는 것이다. 이것
은 또한 인권 침해의 문제이기도 하기 때문이다.

2012년 가을
박영희

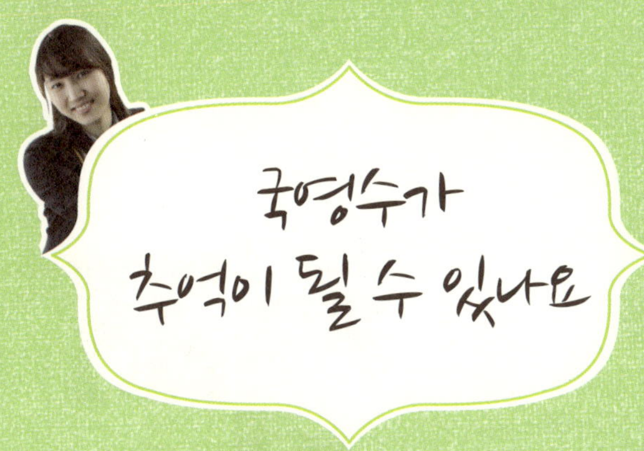

야자가 싫었습니다 | 우리 모임은 '탱자탱자' | 내가 하고 싶은 것, 내가 좋아하는 것
10퍼센트의 절망, 90퍼센트의 희망 | 학교와 직장의 차이 | 아휴, 캄캄했죠

전날 일러 준 대로 오거리 시계탑 앞에서 시장 방향으로 접어들었다. 백금당, 돼지팻션, 국제철물, 설아미용실……. 줄줄이 선 간판들이 정겨웠다. 삼일새마을금고는 횡성 전통시장 건너편에 있었다. 남자 직원 셋에 여자 직원 넷, 모두 7명이 근무하는 삼일새마을금고는 생각보다 널렀다. 조혜영 씨는 입구에서 다섯 번째 온라인 창구에 앉아 있었다.

마감 시간 10여 분을 남겨 두고 스포츠머리를 한 남자 직원이 자리에서 일어나더니 밖에 세워 둔 오토바이 두 대를 안으로 들였다. 그에게 오토바이 용도를 묻자 외근 나갈 때 사용하는 새마을금고 자가용이라고 했다. 횡성군 읍내에 거주하는 주민 수가 1만 9,000명이라고 했으니 읍내 분위기와 잘 어울려 보였다. 이번에는 직원이 줄을 당겨 롤스크린을 내렸다. 순간 밖과 안이 전혀 다른 세계로 나뉘었다. 퇴근과 함께 현관문 안으로 막 들어선 기분이었다. 새마을금고 업무는 그렇게 외부를 차단한 채 1시간 30분 동안 계속되었다.

야자가 싫었습니다

안경을 쓴 사십 대 중반의 남자 직원이 옆자리에 앉아 일을 하는 혜영 씨에게 무엇인가를 물었다. 입금전표와 관련한 업무라고 했다. 입사 7개월째인 혜영 씨는 오전과 오후 각각 1시간씩 외근을 나간다. 일손이 바빠 따로 짬을 낼 수 없는 상가를 직접 방문하여 업무(입금, 공과금, 대출 이자 등)를 대신 해 주는 일종의 찾아가는 금융서비스다. 그러니까 혜영 씨는 외근을 나가서 받은 고객들의 돈을 입금 처리하는 중이었다.

혜영 씨와 마주 앉은 건 오후 5시경이었다.

"입사 7개월째인데도 대출상담 업무가 제일 어려워요. 대출상담은 무엇보다 고객의 입장에서 조리 있게 설명을 잘해야 하는데 그게 생각처럼 쉽지 않아요. 여전히 산으로 갔다 논으로 갔다 헤매는 중이고요."

혜영 씨는 2012년 원주 상지여자고등학교를 졸업했다. 상지여고에는 인문계 7개 반에 실업계 4개 반이 있었다. 그는 실업계에서 컴퓨터 멀티미디어를 전공했다.

"2011년 7월에 시행된 공채 시험을 통해 입사했는데, 다른 친구들에 비하면 저는 행운아라고 할 수 있죠. 첫 응시에서 제가 원했던 것

보다 훨씬 좋은 직장을 잡았으니까요."

혜영 씨가 공부에 기겁을 한 것은 오빠를 지켜보면서였다. 고등학교에 입학하면서 오빠의 귀가는 자정을 넘기기 일쑤였다. 저렇게까지 공부를 해서 대체 뭘 하자는 건지……. 열다섯 살 소녀의 눈에는 그것이 '미친 짓'처럼 보였다.

"아침 7시경 집을 나간 오빠가 자정이 다 되어 돌아왔으니 대체 몇 시간이죠? 하루 24시간 중에서 3분의 2 이상을 학교와 학원에서 보내야 한다면 저는 일반고를 포기하고 싶었어요. 그보다 먼저 저는 야자(야간자율학습)가 싫었어요."

다행히 부모님은 별 내색이 없었다. 오빠가 잘하고 있으니 혜영이

너는 너 하고 싶은 것 하라며 딸을 지지해 주었다.

"고등학교 진학을 앞두고 그렇게 할 수 있었던 데는 초등학교 교사로 재직 중인 아버지의 도움이 컸다고 봐요. 학교 울타리를 벗어난 공부에 대해 늘 못마땅해하셨다고 할까요. 오빠와 저에게 가끔씩 이런 말씀을 해 주셨어요. 학교에서 배우는 공부만으로도 사람답게 살 수 있는 나라가 진정 좋은 나라라고요."

그랬다. 한 초등학교 교사의 눈에 비친 한국은 '학원천국'이었다. 하여 그는 두 자녀를 한사코 학원(예체능은 제외)에 보내지 않으려 기를 썼다. 학교가 시들고 학원이 번성하는 나라, 그런 나라에서는 청소년들이 이기적일 수밖에는 없다는 게 그의 입장이었다.

전근이 잦았던 아버지를 따라 경기도 가평과 이천에서 초등학교 시절을 보낸 혜영 씨의 여섯 해는 연예인들로 가득 차 있었다. 신화, 보아, 동방신기……. 특히 신화 멤버 중에서 이민우에게 사로잡힌 건 그의 현란한 춤 솜씨 때문이었다.

"보아 언니와 민우 오빠를 얼마만큼 좋아했냐면요, 학년이 바뀔 때 선생님이 존경하는 인물을 쓰라고 하면 저는 두 사람 이름을 적어 냈어요."

그랬던 혜영 씨가 요즘은 'Pas Besoin De Toi'를 애창한다며 멋쩍게 웃었다. 프랑스 출신 가수 조이스 조나단의 노래로, 굳이 해석하자면 '난 너 필요 없어'다. 왜 하필 수많은 곡 중에서 이 노래인가 하고 물으니 혜영 씨의 대답이 걸작이다. 직장에서 속상한 일이 생겨 그 상대를 막 때려 주고 싶을 때 이 노래를 부르면 속이 후련해진다고.

"쌓인 스트레스를 풀 때 노래와 춤만큼 확실한 약이 또 있을까요. 저 같은 경우는 한바탕 추고 한바탕 부르고 나면 미워했던 감정들이 한순간에 사라져요."

우리 모임은 '탱자탱자'

하루가 다르게 수직상승 중인 혜영 씨의 춤 솜씨가 잠시 주춤한 건 양궁 탓이었다. 텔레비전에 모습을 드러낸 양궁 선수를 보는 순간 그는 그 길로 곧 기차를 갈아타 버렸다.

"2002년도에 부산에서 아시안게임을 개최했잖아요. 그때 우리나라 여성 궁사들이 돌풍을 일으켰고요. 여자 단체전에서 김문정, 윤미진, 박희윤, 박성현 네 언니가 금메달을 목에 거는 걸 보고는 다음 날 계발활동 부서를 양궁반으로 바꿔 버렸어요."

양궁에서 기본 동작에 속하는 스탠스(발사선에서 취해야 할 발의 위치와 자세)와 세트(마음 가다듬기), 그리고 화살을 활시위에 끼우는 노킹을 할 때면 아직 어린 나이인데도 팽팽한 긴장이 감돌았다. 곧이어 활시위를 떠난 화살이 좌우로 몸을 흔들며 날아가는 패러독스는 짜릿한 감동을 안겨 주었다.

"지금도 그렇지만 운동을 엄청 좋아했어요. 초등학교 4학년 때부터 6학년 때까지 3년 동안 체육부장을 도맡아 했거든요."

잠깐 몸이 달았던 양궁과 멀어진 건 뜻하지 않은 이사 때문이었다. 중학교 입학을 앞두고 가평에서 살았던 가족이 원주로 이사를 했지만, 그렇다고 뭐 특별히 달라진 건 없었다. 가평에서 지낼 때처럼 여전히 남아도는 게 시간이었다. 바로 그 무렵 혜영 씨는 제화, 동주, 해솔,

아영, 주현, 경윤(무슨 이유인지는 잘 모르겠으나 혜영 씨는 이 여섯 명의 이름을 꼭 넣어 달라고 했다)이 모인 자리에서 중학교 입학 기념으로 '탱자탱자'를 결성했다.

"탱자탱자, 재미있지 않나요? 그날 저를 포함한 일곱 명이 모여서 놀자놀자, 시시콜콜, 땡까땡까, 두루뭉술 등 이름 후보 20여 가지를 내놓았지만 탱자탱자만 한 사자성어(?)가 없었어요."

하나 아쉬운 점은 큰 도시로 이사를 온 데다 막상 중학생이 되고 보니, 방과 후 탱자탱자들과 자리를 오래할 수 없다는 것이다. 사전에 약속이나 한 것처럼 종례를 마치면 다들 학원으로 달려가기 바빴다. 그렇다고 해서 친구들을 따라 학원에 다니고 싶은 마음은 추호도 없었다. 대신 탱자탱자 중에서 생일을 맞았거나, 집에 무슨 큰일이 생긴 것처럼 3분만 울상을 지어 보이면 그날 학원은 가도 되고 안 가도 그만이었다.

"방과 후 혼자서 지내는 시간이 많다 보니 그딴 생각까지 하게 됐을 거예요. 앞뒤가 전혀 맞지 않는, 이상한 나라에 살고 있는 것 같았어요. EBS에서 만든 성장 드라마를 한번 보세요. 방학 때는 실컷 놀고, 방과 후 야자가 없는 드라마들이 호평을 받는데도 실상은 어떤가요. 중 3만 되면 방학은 쥐꼬리로 줄어들고, 고등학교 입학과 함께 공부에 갇히는 정말 재미없는 나라가 돼 버리잖아요."

아무렴 혜영 씨가 학교로부터 자유로울 수 있었던 것은 표 나지 않은 성적이 방패가 돼 주었기 때문이다. 1위와 꼴찌의 중간처럼 몸을 숨기기에 좋은 자리가 또 있을까. 굳이 학원에 다니지 않아도, 굳이 복습을 따로 하지 않아도 같은 반 40명에서 중간을 유지하는 데는 별 어려움이 없었다. 한편 그는 학교 축제 때가 되면 그동안 갈고닦은 춤 솜씨로 흥을 돋우는 분위기 메이커였다.

자신이 주동하여 롯데월드로 튄 건 영화 한 편을 보고서였다. '오늘 오후 5시는 두 번 다시 찾아오지 않는다?' 그게 사실이라면 지금이야말로 뭔가를 기획해야 할 시간이었다.

"성적 순위도 좋지만 저는 추억을 더 많이 만들고 싶었습니다. 가장 신선하고 예쁠 때 가장 아름다운 추억을 만들어 놔야 나중에 삶의 밑천이 되는 것 아닌가요. 얼마 전에 만났을 때도 탱자탱자 중 누군가 이런 말을 했습니다. 그때 1인당 4만 원씩 내서 롯데월드로 튀지 않았다면 우리의 추억은 정말 쓸쓸했을 거라고요."

뚱딴지같은 변명처럼 들릴 수도 있겠지만 막상 6년 동안 입었던 교복을 벗고 보니 그랬다. 탱자탱자 중에서 어느 누구도 성적에 대해 말하거나 국영수를 거론하는 사람은 없었다. 오히려 더 많은 추억을 만들지 못해서 아쉬운 표정들이었다.

"중학교 시절로 다시 돌아간다고 해도 학구파가 되고 싶은 마음은 없어요. 오히려 제 눈에는 학구파가 더 가엾고 불쌍하게 보일 뿐이에요. 탱자탱자 중에도 대학에 진학한 친구가 몇 있지만, 다들 모이면 언제 깔깔대는지 아세요? 축제 때 한바탕 신 나게 춤췄던 일, 학원 빼먹고 싸돌아다녔던 일, 서로 옷을 바꿔 입었던 일을 떠올릴 때죠."

며칠 전 주말이었다. 탱자탱자들이 모인 자리에서 누군가 이런 말을 했다. 대학에 오니 자유는 있지만 하루하루가 사막에 와 있는 것 같다는. 순간 혜영 씨는 무겁게 가라앉은 분위기를 쇄신코자 맥주잔을 높이 치켜들었다.

"중 2 때 결성한 탱자탱자 회장을 6년째 맡고 있는데요, 모이면 하나같이 이런 이야기를 하곤 해요. 우정이 듬뿍 담긴 추억은 스무 살이 되면서 이미 끝나 버렸다고요. 물론 저도 친구들의 말에 전적으로 동의해요. 십 대 때 나눈 우정이야말로 보석 중에 보석이라고 할까요. 만약 그 시절로 다시 돌아갈 수 있다면 저는 한 달에 한 번씩 여행을 떠나자는 제안을 하고 싶어요."

내가 하고 싶은 것, 내가 좋아하는 것

야간자율학습 때면 혜영 씨는 주로 라디오를 청취했다. 마침 그날은 〈심심타파〉라는 프로그램에서 청취자를 대상으로 성대모사를 진행하고 있었다. 장난기가 동한 혜영 씨는 방송국 게시판에 자신의 이름을 올렸다.

"불장난하다 들킨 아이처럼 한동안 멍한 상태였어요. 장난삼아 폰으로 이름만 올린다는 것이 그만 방송국에서 전화를 걸어 왔지 뭐예요."

이제 남은 시간은 5분. 5분 뒤에 다시 전화를 연결하겠다는 방송국 작가의 말에 혜영 씨는 급히 화장실로 달려갔다.

"마땅한 장소를 찾지 못해 화장실로 달려간 것까지는 좋았지만 그 다음이 문제였어요. 어떤 가수를 흉내 내 본 건 그때가 처음이었단 말이에요."

그날 수렁에 빠진 혜영 씨를 구해 준 사람은 가수 비(정지훈)였다. 노래를 부를 때 보면 비는 사이사이 뿜어내는 숨소리가 인상적인데, 바로 그 숨소리가 번개처럼 스쳐 갔다.

"라디오였으니 망정이지 만약 텔레비전이었다면……? 화장실에서 나와 교실로 다시 들어가는데 무슨 큰 죄를 지은 사람처럼 얼굴이 화끈거려 죽는 줄 알았어요."

중간고사가 끝나기 바쁘게 이번에는 농구장으로 몰려갔다. 원주에 연고지를 둔 동부 프로미의 응원도 응원이지만, 게임 사이사이 진행되는 각종 이벤트는 탱자탱자의 단골메뉴 중 하나였다. 오늘도 변함없이 방송국 카메라는 막간을 이용해 앵글을 관중석에 클로즈업시켰는데, 탱자탱자로서는 님도 보고 뽕도 따는 일석이조의 찬스가 아닐 수 없었다. 관중석에서 쪽 입맞춤이 연출되는가 하면 푸짐한 상품이 주어졌다.

"다른 사람들이 보면 저것들 정말 한심타며 혀를 찼을 거예요. 낼모레면 고등학생이 될 중 3짜리들이 한가하게 농구장을 떼로 몰려다녔으니 얼마나 꼴불견이었겠습니까. 하지만 지금 돌이켜 보면 그때 저희들, 너무너무 잘한 것 같습니다. 중 3 기억 중에서 제일 멋진 추억으로 남아 있는 곳이 바로 농구장이니까요."

아쉽지만 혜영 씨와의 첫 번째 만남은 중 3 농구장에서 접어야 할

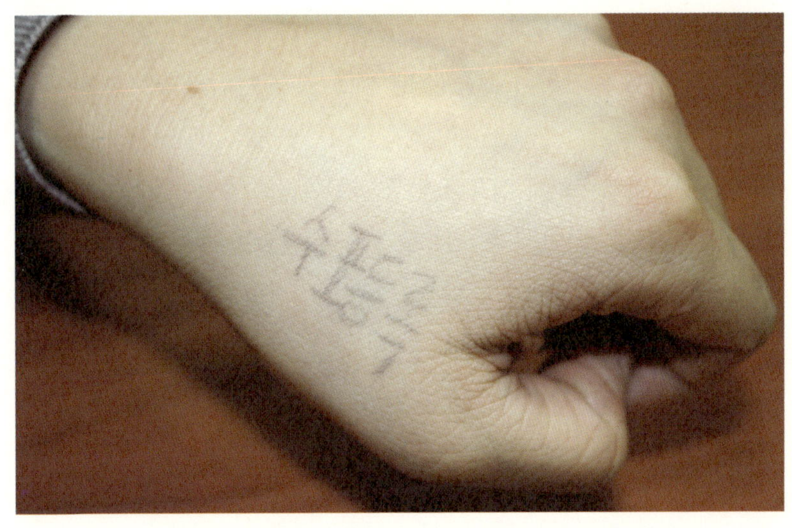

듯싶었다. 며칠 전 삼일새마을금고에 새 이사장이 부임을 했는데 오늘이 바로 직원들 회식 날이라고 했다.

"멀리서 오셨는데 죄송해요. 내일은 주말이니까 더 많은 이야기를 들려 드릴게요."

가방을 챙길 때였다. 혜영 씨 왼손 손등에 '수표등록'이라고 쓴 글씨가 눈에 들어왔다. 처음엔 요즘 유행하는 헤나인 줄 알았다. 그런데 살펴보니 색칠하듯 덧입혀 쓴 게 확실해서 그냥 지나칠 수 없었다.

"아, 이거요? 오전에 어떤 고객이 1억(원)을 수표로 예탁하셨는데 그걸 깜빡 잊고(결제) 외근을 나갔지 뭐예요. 혹시라도 잊어버릴까 봐 손등에 일부러 진하게 새겨 놓은 거예요."

혜영 씨와 헤어져 횡성 읍내를 구경삼아 걷고 있었다. 저녁을 먹을 식당을 찾고 있는데 휴대전화로 문자메시지가 들어왔다. 저녁 식사를 함께하지 못해 미안하다고 운을 뗀 혜영 씨는 야간자율학습을 꼬집었다.

"야간자율학습이기에 더욱더 학생들의 의견에 맡겨야 하는 것 아닌가요. 그런데도 교과부와 학교는 반강제로 '자율'을 죽이고 있어요."

야간자율학습의 폐단은 비단 그것만이 아니었다. 다음 문자에서 혜영 씨는 야간자율학습이 한 반을 두 패로 갈라놓았다며 성화였다. '학원으로 가는 학생과 학교에 남을 수밖에 없는 학생. 제가 보기에 그건 굉장히 기분 나쁜 차별이었어요.'

10퍼센트의 절망, 90퍼센트의 희망

다음 날 원주에서 혜영 씨를 다시 만났다. 원주에서 횡성까지 출퇴근한다는 그는 어제와 사뭇 다른 모습이었다. 근무복에서 일상복으로 갈아입은 탓인지 한결 여유로워 보였다.

고등학교 진학 무렵으로 돌아가 이야기를 나눌 때였다. 이번에도 혜영 씨 입에서 나온 첫 마디는 다름 아닌 야간자율학습이었다. 그러고 보니 혜영 씨는 이번 기회에 야간자율학습의 뿌리를 뽑아 없애려는 사람처럼 보였다.

"야자만 아니었다면 일반고에 진학했을지도 모르죠. 공부를 싫어했

던 건 아니었으니까요. 다만 저는 정해진 수업만 받고 싶었어요.”

또한 그것은 중학교 시절에 이미 오빠를 지켜본 까닭이기도 했다. 적어도 양계장의 닭처럼 살고 싶지는 않았다. 부모님과는 대학 진학을 조건으로 실업계 고등학교에 지원했지만 이 또한 두고 볼 일이었다. 서둘러 몸을 피하려면 달리 방법이 없었다. 한 가지 고민이 되는 것은 탱자탱자였다. 자신을 제외한 6명이 일반고로 진학을 하자 혜영 씨는 어느 날 갑자기 고아가 된 기분이 들었다.

그런데 이보다 더 큰 불이 발등에 떨어진 건 고 1, 2학기 무렵이었다. 순간 혜영 씨는 가슴이 뜨끔했다.

"대학 진학반과 취업반으로 쪼개질 때였어요. 벌써 며칠째 담임선생님은 둘 중 하나를 선택할 때라며 채근했지만 전 그냥 아무런 대꾸도 하지 않았죠."

더는 이 문제를 뒤로 미뤄선 안 된다는 생각에 혜영 씨는 한 날 부모님에게 자신의 입장을 좀 더 분명히 밝혔다. 딸의 앞날이 염려되었던지 아버지보다는 어머니의 표정이 더 어두워 보였다. 하지만 혜영 씨는 지금 이 산만 무사히 잘 넘으면 머잖아 곧 강이 나타날 거라는 믿음으로 고개를 숙였다. 두 분께 뭐라 변명할 처지가 아님을 잘 알고 있었다.

"성적도 그렇게 나쁜 편은 아닌 데다, 우리 집 형편 또한 대학 진학에 크게 문제될 게 없어 더더욱 죄송할 뿐이었어요. 그 일로 열흘 넘게 부모님과의 관계가 서먹서먹했던 것도 사실이고요."

무사히 고비를 넘긴 혜영 씨는 워드프로세서, 엑셀, 포토샵, 일러스트, 파워포인트 등 본인이 선택한 전공 수업에 박차를 가했다. 대학 진학이라는 무거운 짐을 내려놔서 그런지 수업 또한 한결 가벼웠다. 알짱알짱 눈에 거슬리는 게 하나 있다면 인문계와 실업계로 패가 나뉘는 급식 시간이었다. 한 집에 두 식구가 공존하다 보니 분위기는 갈수록 험악해졌다.

"점심을 먹기 위해 식당 안으로 들어가면 인문계 학생들이 실업계들 온다며 후다닥 자리를 뜨곤 했죠. 실업계가 무슨 벌레도 아니고, 기분이 좀 드럽긴 했습니다."

한 지붕 두 가족의 껄끄러운 만남은 식당 밖에서도 예외가 아니었다. 소풍 때면 물과 기름 같은 관계가 한눈에 보였고, 체육대회 때는 더욱 노골적이었다. 4개 반뿐인 실업계는 반을 7개나 가진 인문계에 지기 싫다며 아득바득 칼을 갈았는데, 목하 그것은 자존심을 건 한판 싸움으로 진행되었다.

"이건 학교 체육대회가 아니라 한일전 축구경기 같았어요. 선생님들까지 나서서 숙명의 한판을 부추겼고요."

예전에 비해 마음이 한결 홀가분해진 건 2학년이 되어서였다. 취업반을 위해 학교 측에서 수시로 취업 강좌를 개최했는데, 금융, 대기업, 보험설계 분야에서 일하는 학교 선배들의 경험담이 혜영 씨의 가슴을 뿌듯하게 했다. 저 언니들처럼 나도 무엇이든 할 수 있다는 자신감을 스스로 촉발시킨 게 가장 큰 수확이었다.

"학교에서 개최한 취업 강좌를 들었어요. 우선 고등학교만 졸업하고도 사회에 나가 인정받을 수 있다는 점이 가장 인상적이었죠. 게다가 그 무렵은 학교 분위기가 엄청 어수선했던 것도 사실이에요."

문제의 사단은 '마지막 선택'에서 비롯되었다. 1학년 2학기에 이어 한 차례 더 취업반 학생들이 대학 진학 반으로 몰려가자, 이제 취업반은 철거를 코앞에 둔 마을처럼 보였다.

"마지막 선택이라는 한마디가 무섭긴 무섭더라고요. 그렇지만 전반대로 지금이야말로 기회라는 생각이 들었어요. 취업반 수가 10퍼센트로 줄어드니 희망의 90퍼센트가 보였다고 할까요."

마지막까지 취업반을 사수한 보답이었을까. 교과 중에서 제일 힘든 국사와 과학을 컴퓨터로 대체하고 나자 속이 다 후련했다. 그리고 무엇보다 혜영 씨에게 컴퓨터는 결코 낯선 기기가 아니었다. 방학을 맞아 아버지가 근무한 학교에서 수시로 컴퓨터를 접한 터라 놀이기구나 다름없었다. 초등학교 시절에 벌써 디스크에 운영체제를 저장하는가 하면, 도스(디스크 중심으로 시스템을 관리하는 컴퓨터 운영체제)의 활용도에 대해 일찍 눈뜬 것도 컴퓨터를 놀이기구처럼 가지고 놀았기에 가능한 일이었다.

3학년으로 접어들면서 혜영 씨가 특별히 신경을 쓴 과목은 국어와 외국어였다. 얼마 전 치른 어학평가시험에서 1등급을 받은 그는 방과 후 원어민 교사를 졸졸 따라다닐 정도로 어학에 열을 올렸다.

"자꾸 지껄여라! 원어민 교사 말대로 했더니 정말 효과 만점이었죠. 그래서 자꾸 선생님을 괴롭혔던 거고요."

그 일환으로 혜영 씨는 어학 수업 때면 최대한 발표 기회를 늘리고자 나름 애를 썼다. 그런데 한 날 옆 반 학생이 발표하는 걸 지켜보면서 그만 돌부처가 되고 말았다. 마치 치즈가 녹아내릴 때처럼 발음이 예사롭지 않을 뿐 아니라 귀에 쏙쏙 들어왔다. 수업이 끝나기를 기다렸다가 혜영 씨는 그 여학생을 찾아갔다.

"어딘가 모르게 좀 튄다 했더니 글쎄 방학 때마다 필리핀으로 어학연수를 간다지 뭐예요."

이에 뒤질세라 혜영 씨도 하와이를 방패로 내세웠다. 비록 일주일짜리 패키지여행이었지만 여기서 더 밀리고 싶지 않았다.

보건소에 근무하는 올드미스 이모와 첫 해외여행을 다녀올 수 있었던 건 순전히 친구들 덕이었다. 오늘이 느네 이모 생일이라는 엄마의 말에 혜영 씨는 별생각 없이 친구들에게 문자를 날렸고, 20분 뒤 돌아온 이모의 반응은 백두산 천지에 오른 것처럼 뜻밖이었다. 친구들이 날린 수십 통의 축하 메시지에 감동을 먹은 이모가 울먹이는 목소리로, 내 생전에 오늘 같은 날은 처음이라며 여름방학 때 이모랑 같이 하와이로 여행을 떠나자고 했다.

"일부러라도 여권을 분실해 돌아오고 싶지 않을 정도로 하와이는 아름다운 곳이었어요. 아침부터 저녁까지 제 귀에 온통 영어만 들려와서 행복한 일주일이기도 했고요."

학교와 직장의 차이

1학기 기말시험을 앞두고 3학년들의 표정이 하루가 다르게 비장해 보였다. 마치 전장에 나가는 전사들 같았다. 애써 그들을 외면하려 했지만 마음처럼 잘 되지 않았다. 한 번만 더 대학 진학에 대해 생각해 보라는 어머니의 말이 머릿속에서 떠나질 않았다. 오빠와 마주 앉은 건 그로부터 사흘쯤 지나서였다.

"그날 오빠가 들려준 이야기는 족집게 과외나 다름없었어요. 이름조차 생소한 대학들이 지천으로 깔려 있지만, 정작 전문성을 제대로 갖춘 대학을 찾아보기 어렵다는 게 오빠의 생각이었죠."

때 맞춰 그 무렵 고려대학교 3학년에 재학 중인 김예슬 양의 '자발적 퇴교'가 우리 사회에 적잖은 파문을 일으켰다. 김예슬 양은 '오늘 나는 대학을 그만둔다. 아니 거부한다.'라는 제목의 대자보를 통해 한국 사회의 양극화 현상과 청년들의 불안한 미래에 대해 자신의 입장을 숨김없이 털어놓았다.

"예슬 언니의 소식을 접한 뒤, 트랙과 질주라는 말에 소름이 끼쳤어요. 어떻게 그 좋은 대학을 다니면서 25년 동안 긴 트랙을 질주해 왔다고 말할 수 있죠? 그날 하루는 폭풍의 언덕에 서 있는 기분이었어요."

여름방학을 십여 일 앞둔 무렵. 새마을금고 공채시험이 있다는 담임의 말에 혜영 씨는 응시를 할까 말까 망설였다. 마음을 정하는 일이 쉽지 않았다. 더구나 탱자탱자들과 여행 계획을 짜느라 몹시 들떠 있었다.

"솔직히 그때는 취업에 대해 별로 신경 쓰지 않았어요. 여고 시절의 마지막 여름방학을 어떻게 보낼까, 이 생각이 먼저였단 말입니다."

등을 떠미는 담임의 요청에 마지못해 12명의 학우들과 함께 새마을금고 중앙회가 있는 춘천으로 떠나는 날이었다. 소풍을 갈 때처럼 가벼운 마음으로 다녀올 거라는 어제의 생각과 다르게 혜영 씨는 발걸음이 자꾸만 무거워지는 걸 느꼈다.

"교장선생님과 몇몇 선생님께 인사를 드리고 교정을 막 빠져나올 때였어요. 무슨 일인지 교정이 예전 같지 않았어요. 어쩌면 오늘이 학교와 함께하는 마지막이 될지도 모른다는……. 다시는 학교로 돌아오지 못할 것 같았습니다."

100명 남짓 되었을까. 면접시험 장소에 도착한 혜영 씨는 쥐구멍에라도 들어가고 싶은 심정이었다. 교복 차림으로 나타난 사람은 자신과 학교 친구들뿐이었다. 혜영 씨의 눈에 비친 오빠와 언니들은 19년 만에 처음으로 호반의 도시를 찾은 촌뜨기들을 배웅 나온 여행사 직원 같았다.

"입고 간 옷 땜에 너무너무 창피했어요. 그리고 대기실에 모여 면접시험 연습을 하고 있는 오빠와 언니들을 봤을 땐 그만 입이 딱 붙어 버려 할 말을 잃고 말았어요. 다들 말을 어찌나 세련되게 하는지, 오늘 게임은 이미 끝났다는 생각밖에 들지 않았죠."

그때 학우 중 누군가 이럴 때일수록 똘똘 뭉쳐야 한다며 사기를 북돋았다. 대기실 구석에 원을 그리듯 둘러선 12명은 이번에는 좋은 인상만 남기자며 서로의 손을 맞잡았다. 한 시간 남짓 기다린 끝에 자신의 차례가 돌아오자 혜영 씨는 먼저 같은 조인 나머지 4명을 재빨리 훑어보았다.

"초짜 티를 내느라 저는 초장부터 실수 연발이었어요. 다른 네 명은 면접실로 들어서자마자 면접관들에게 공손히 인사부터 하는데, 저는 그것도 모른 채 멀뚱멀뚱 쳐다만 보고 있었단 말입니다."

앞서가는 건 비단 그뿐만이 아니었다. 대학을 졸업한 4명은 흰 종이에 문장을 써 내려가듯 기승전결이 완벽했다. 새마을금고의 설립 과정은 물론이고, 자조·호혜·공동체를 기반으로 삼는 새마을금고의 정신에 이르기까지……. 그들은 그동안 준비한 것들을 일목요연하게 마음껏 펼쳐 보였다.

넷 중에서 마지막 차례인 혜영 씨는 호흡을 가다듬었다. 본 게 높지 않고 아는 게 넓지 않은 터라 자신이 지니고 있는 것만 솔직담백하게 털어놓을 생각이었다. 먼저 그는 이번 응시가 공채여서 이 자리에 섰다는 점을 밝힌 뒤, 초등학교 시절의 기억 한 토막을 꺼냈다. 집에서 가장 가까운 금융권이 새마을금고여서 어머니는 줄곧 그곳만 이용하였는데, 그 덕에 명절과 연말 때면 김을 선물로 받았다. 우수고객에게만 드리는 특별 선물이라고 했다. 내친 김에 혜영 씨는 그 김을 맛있게 잘 먹었다는 이야기와 함께 특히 늦잠에서 깬 아침이면 엄마가 김에 밥을 싸서 먹여 주었던 기억이 지금도 따뜻한 추억의 한 페이지로 가슴에 남아 있다는 사연을 들려주었다.

잠시 술렁이던 면접실이 한바탕 웃음바다로 돌변한 건 그다음이었다. 출입구 쪽에 앉은 사십 대 후반의 면접관이 학교와 회사의 차이점에 대해 물어 오자 혜영 씨는 예상치 못한 질문에 당황하고 말았다. 하지만 그는 애써 태연한 척 숨을 고른 뒤 학교는 부모님이 보내서 가는 곳이고 회사는 월급이 불러서 가는 곳이라는, 조금 엉뚱한 답을 내놓고 말았다.

"면접관에게 그렇게 말한 건 그때 갑자기 핸드폰 광고가 떠올랐기 때문이에요. 광고를 보면 말단 직원이 부장의 부탁으로 컴퓨터를 구입해 돌아가는 장면이 나오는데, 그때 그 말단 직원이 되게 힘든 표정으로 이렇게 말한단 말이죠. 회사는 월급 받으러 다닌다고."

그러나 반응은 제멋대로였다. 부러 대놓고 킥킥대는 사람이 있는가 하면, 세 명의 면접관 중 한 명은 지금까지 본 면접을 통틀어 가장 통쾌한 답을 들었다며 매우 흡족한 반응을 보였다. 그렇지만 정작 당사자인 혜영 씨로서는 이맛살을 찌푸리지 않을 수 없었다. 자신의 얼굴을 두 손으로 감싸 쥔 채 도망치듯 면접실을 빠져나오던 그는 하마터면 이마를 찧을 뻔했다.

"면접생 중 하나가 글쎄 자기만 쏙 빠져나간 뒤 문을 놔 버리지 뭐예요."

엎친 데 덮친 격으로 화가 머리끝까지 치솟은 혜영 씨는 속으로 마구 욕을 퍼부었다. 씨, 얼굴만 잘생기면 뭘 해? 매너가 바닥이잖아! 그래도 분이 가시지 않자 혜영 씨는 같은 조에 속한 4명의 면접 점수를 임의로 매겨 버렸다.

"꽤 영리한 네 마리 앵무새를 보는 것 같았다 할까요. 준비는 굉장히 많이 했지만 네 명 모두 순환선을 탄 사람들처럼 보였습니다."

아휴, 캄캄했죠

1차 시험 합격자 발표가 있던 날 혜영 씨는 실망감을 감추지 못했다. 면접시험은 그저 체면치레용에 불과했는지 대부분의 지원자들이 합격자 명단에 올라 있었다. 매너가 빵점인 그 오빠의 이름도 보였다. 그날의 곤혹스러움이 아직 남아 있던 혜영 씨는 필기시험에 더욱 매진했다.

"1차 면접시험 때와 비교하면 2차 필기시험은 눈에 익은 과일이 더 많았어요."

혜영 씨는 보란 듯이 제한시간 1시간을 다 채우지 않고 시험장을 빠져나오는 여유를 보였다.

"고 1 때부터 흥미를 가졌던 일반상식은 만화를 보는 것 같았고요, 워드프로세서 역시 고 2 때 벌써 2급 자격증을 취득한 상태여서 금방 풀 수 있었죠."

하지만 최종 합격자 발표가 있는 날 혜영 씨는 입장이 그만 난처해지고 말았다. 함께 응시한 12명의 학우 중에서 합격자는 2명뿐. 무엇보다 전화를 거는 일이 힘들었다.

"그날 열 명의 친구에게 전화를 걸어 위로하는데 웃었다 울었다 다시 울었다 웃었다, 꼭 장례식장에 온 것 같았죠."

발령지인 횡성으로 인사를 가는 길이었다. 삼일새마을금고에 도착한 혜영 씨는 그만 힘이 쭉 빠지고 말았다. 멋진 오빠 직원을 기대하고 찾아간 게 잘못이었다. 직원 일곱 중에서 미혼은 홀랑 자신뿐이었다.

"되돌릴 수만 있다면 발령을 다시 받고 싶었어요. 아이 딸린 주부 넷에 아저씨까지…… 아휴, 앞이 캄캄했어요."

첫 출근에서 애를 먹인 건 복사기였다. 2년 반 동안 학교에서 줄곧 컴퓨터만 가지고 놀았을 뿐 정작 복사기에 대해서는 아는 게 전무했다. 순간 혜영 씨는 당장 학교로 전화를 걸어 사회 초년생이 겪는 문제점을 있는 그대로 알려 주고 싶었다.

　혜영 씨의 일과는 금융 분야에서 그나마 손쉽다는 출입금 업무로 시작되었다. 혜영 씨는 그 일을 등 너머로 배웠다.

　"상사 지시에 시녀처럼 따르기보다는 커닝을 통해 스스로 깨닫는 편이 실수를 줄이는 데 훨씬 더 효과적이었다고 할까요. 더구나 금융 관련 일은 결산보고 때 돈이 남거나 부족할 경우 엄청 당황하게 되거든요."

　실제로 입사 후 처음 몇 달은 그런 일이 두세 차례 발생한 적도 있었다. 한번은 돈이 남더니 며칠 뒤에는 오천 원이 부족했다.

　"이런 경우 돈이 남았을 때 더 당황하죠. 돈이 부족한 경우는 자신이 직접 채워 넣으면 해결되지만, 반대로 남았을 경우엔 그 돈의 행방

"성적 순위도 좋지만 저는 추억을 더 많이 만들고 싶었습니다.
가장 신선하고 예쁠 때 가장 아름다운 추억을 만들어 놔야
나중에 삶의 밑천이 되는 것 아닌가요."

을 찾아낼 때까지 출입금 서류들을 다시 검토하는 이중 작업이 뒤따르죠. 퇴근도 늦어질 수밖에 없고요.”

출입금에 이어 이번에는 예금 해지와 통장 개설, 그리고 적금과 대출 업무가 기다리고 있었다. 원어민 교사에게 영어를 배울 때처럼 혜영 씨는 자신감을 잃지 않으려고 노력했다.

“근무 중 특별히 힘든 일은 없어요. 월말에 관계없이 퇴근시간도 일정한 편이고요. 스스로 고쳐야 할 게 하나 있다면 깜박깜박하는 건망증입니다. 이건 탱자탱자들만 아는 비밀인데요, 제가 좀 덤벙대는 구석이 있어요.”

오전 9시에 업무를 시작해 오후 6시경 퇴근하는 혜영 씨는 첫 급여로 135만 원(실수령액)을 수령했다. 그로부터 3개월 후 그의 급여는 수당을 포함해 175만 원으로, 40만 원이 불어났다.

“저도 처음에 깜짝 놀랐는데 수당이 꽤 많더라고요. 적금을 붓다가 급여가 오른 뒤로는 연금저축까지 넣고 있어요.”

그러면서 혜영 씨는 더 늦기 전에 꼭 해야 할 일이 있다고 말했다.

“이모랑 하와이로 여행을 떠날 때였어요. 왠지 마음이 편하지만은 않았어요. 이모와 같은 형제인데도 우리 엄마는 그동안 여행다운 여행을 한 번도 해 본 적이 없었으니까요. 아버지도 마찬가지고요.”

해서 내년에는 두 분만을 위한 멋진 해외여행 티켓을 준비할 거라고 했다. 또 그는 이런 일은 딸들이 해야 제맛이 난다며 멋쩍게 웃어 보였다.

점심 식사를 마친 뒤 산책 삼아 공원을 거닐 때였다. 웃을 듯 말 듯

인형 같은 표정으로 혜영 씨가 자신의 고민을 털어놓았다. 얼마 전 삼일새마을금고에 공석이 하나 생겼는데 아직 누가 올지 모른단다. 그는 오는 여름을 몹시 기대하는 눈치였다.

"제 심장을 쿵쿵 뛰게 할 오빠 직원을 횡성으로 보내 달라고 열심히 기도하고 있어요."

스무 살, 순수한 설렘에 동승한 탓이었을까. 그날은 오래도록 입가에서 엷은 미소가 떠나지 않았다.

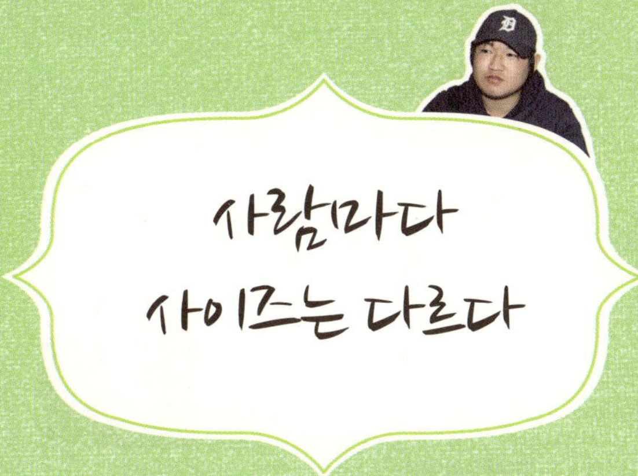

사람마다 사이즈는 다르다

버스가 섬진강휴게소를 지나자, 무릎 높이까지 오는 광양만 갯벌이 모습을 드러냈다. 김재성 씨는 순천에 있었다.

대구를 떠나올 때 미리 약속시간과 장소를 정하지 않은 건 '유당(버들못)공원'을 둘러보기 위해서였다. 터미널 인근에 이만한 공원이 또 있을까. 광양읍성을 축조(1415년)한 뒤 멀리 바다 쪽에서 왜구들이 볼 수 없도록 나무를 심었다는 유당공원은 자못 한적했다. 천연기념물 제235호로 지정된 이팝나무도, 그 옆 팽나무와 느티나무도 과묵하긴 마찬가지였다. 꼬리를 살랑살랑 흔들어 대며 봄맞이가 한창인 것은 열대여섯 살 됨직한 벗나무뿐이었다.

나의 한계는 구구단 6단

이슬비가 내리는 초저녁, 유당공원에서 멀지 않은 백운마트 입구에 나타난 재성 씨는 분위기만으로도 상대를 압도했다. 시커먼 모자까지 눌러 쓴 터라 산에서 막 내려온 사람 같았다. 그렇지만 외모와 다르게 그의 초등학교 시절은 의외로 모든 게 더뎠다.

"초등학교 2학년 때까지 제대로 말도 못하고, 얼마나 소심했는지 모릅니다. 얼마 전에 대학을 졸업한 큰형한테 맞기도 엄청 맞았고요. 덩치는 산만 한 놈이 4학년이 다 되도록 구구단을 못 외웠으니 몸으로 때울 수밖에요. 식구들이 방에서 밥 먹고 있을 때 저는 화장실 입구에서 벌 받고 있었어요."

그중에서도 6단이 원수였다. 피나는 노력 끝에 6단의 강을 무사히 건넜다 싶어 2단부터 다시 외우면 엉뚱한 4단이 발목을 잡았다.

"그때나 지금이나 우리 집 분위기가 보통 가부장적인 게 아니에요. 여자라곤 어머니뿐인데도 겸상하는 걸 보지 못했어요."

머피의 법칙은 이후에도 재성 씨를 계속해 곤경에 빠뜨렸다. 나이에 비해 체격이 큰 게 늘 말썽이었다. 집에서 가까운 태인초등학교에 입학하려 했는데 그만 퇴짜를 맞고 말았다. 덩치에 비해 나이가 아직 어리다는 게 학교 측 설명이었다.

"집에서 조금 먼 다압초등학교에 입학하긴 했는데 조건이 있었어요. 학년을 마치면 태인초등학교로 다시 전학을 가야 한다고 했죠."

야트막한 언덕배기 중간에 위치한 다압초등학교는 무엇보다도 전교생 수가 적은 게 마음에 들었다. 각 학년마다 두 반뿐이어서 운동회 때면 청군과 백군이 금방 나뉘었다.

"정들자 이별이라는 말이 딱 맞더라고요. 친구들과 좀 친해졌다 싶으니까 떠나야 할 시간이었습니다."

입학 전 약속대로 다압초등학교에서 1학년을 마친 재성 씨는 이듬해 봄 태인초등학교로 전학을 갔다. 그런데 담임을 따라 2학년 2반 교실로 막 들어섰을 때다. 자기소개를 하라는 담임의 말에 재성 씨는 그만 꿀 먹은 벙어리가 되고 말았다.

"그때는 다른 사람들 앞에 서는 일이 제일 힘들었어요. 그런 제가 무슨 수로 자기소개를 할 수 있겠어요."

물론 그렇다고 해서 이것과 저것을 구분 못할 정도의 바보천치는 아니었다. 담임의 입에서 1학기 자리 배치는 키순으로 한다는 말이 떨어지자마자 재성 씨는 속으로 쾌재를 불렀다. 공부에, 발표까지 잘하는 친구들 사이에 숨은 그림자처럼 끼어 있다 보면 천국이 따로 없었다.

"봄 소풍을 가는 날 일부러 과자를 느릿느릿 먹은 적이 있어요. 너무 빨리 먹었다가 '먹보'라는 별명이 붙으면 어쩌나, 저로서는 엄청 조마조마했거든요. 그래도 과자는 김밥과 달리 먹은 양과 남은 양을 감출 수 있어 좋았습니다."

고장 난 기계처럼 구구단은 비록 6단에서 멈추고 말았지만 하루 500원씩 주어지는 용돈을 들고 찾아가는 오락실은 흥미진진했다. 더 킹, 스트라이커즈, 펌프만큼은 반에서 공부를 제일 잘하는 찬수를 덤으로 얹어 준다 해도 절대 바꾸지 않을 생각이었다.

"제가 만약 교과부(교육과학기술부) 책임자라면 지금 방식으로 수업을 진행하진 않을 거예요. 이건 초중고를 거쳐 오는 동안 수백 수천 번 생각한 건데요, 하루에 딱 1교시만 학생들에게 핸드폰과 노트북을 허용해 보세요. 아마 모르긴 해도 한국은 세계에서 가장 행복한, 그리고 가장 능률적인 학교로 거듭나 있을걸요."

과연 그게 가능한 일일까? 처음엔 재성 씨의 말이 무슨 흰소리인가 싶어 웃고 말았지만 가던 길 멈추어 잠시 생각해 보니 꼭 그렇지만도 않았다. 앨버트 아인슈타인, 파블로 피카소, 찰리 채플린 등 소위 유명인사라 하는 인물 중에서 청소년기를 순종하는 자세로 보낸 이들이 과연 몇이나 되던가.

바다를 품은 사람들

1년 중 가장 기다려지는 건 역시 방학이었다. 그보다 더한 선물이 없었다. 재성 씨는 친구와 함께 바다로 달려갔다. 썰물 때면 군두리 앞바다의 갯바위가 안개 걷히듯 제 모습을 드러내는데, 낚시는 오락실 게임과 또 다른 맛이 있었다. 오락실 게임은 점수제여서 산으로 치닫지만 낚시는 마음을 평온케 했다.

애써 낚은 물고기를 다시 풀어 주는 과정을 반복하다 보면 인간의 힘으로는 결코 알 수 없는 무언가를 맛보는 것 같았다. 바다는 꾸어도 꾸어도 그 끝을 알 수 없는 꿈이었다.

"김만석이라는 친구가 가르쳐 준 낚싯법이었죠. 어른 손바닥 크기의 물고기를 낚아 바다에 다시 풀어 주면 기분이 정말 묘했습니다. '너 오늘 운수대통한 줄 알아라.' 하고 풀어 주면 물고기가 뭐라는 줄 아세요? 버들가지가 바람을 탈 때처럼 꼬리를 살랑살랑 흔들어 대며 '고맙다 친구야, 고맙다 친구야.' 하고 속삭이죠. 그러면 제 가슴이 완전 따뜻해졌고요."

4학년에 오르자 알파벳이 기다리고 있었다. 이미 구구단에 덴 재성 씨의 불만은 이만저만이 아니었다. 우리나라 말도 제대로 못하는 주제에 어쩌자고 남의 나라 말까지 수입해 이렇듯 고통을 안겨 주는지, 영어라는 놈을 택배로 다시 돌려보내고 싶었다. 영어 수업 때면 입으로 볼펜 끝을 쪽쪽 빠는 게 그가 할 수 있는 전부였다.

상황이 상황인지라 재성 씨는 요즘 머릿속이 온통 만석이네 집과 그의 엄마로 가득했다. 이런 이야기를 내놓고 한다는 것이 좀 그렇긴 하지만, 나를 낳아 준 엄마가 냇물이라면 만석이네 엄마는 바다였다. 우리 엄마는 둘 중 하나를 선택한 뒤 숨 쉴 겨를조차 주지 않은 채 쾅 마침표를 찍어 버리지만, 만석이네 엄마는 자상하고 정 많고 그리고 무엇보다 따뜻했다.

"지금도 가끔 생각나는 분입니다. 다들 징그럽다고 밀치는 제 덩치를 볼 때마다 안아 주셨거든요."

만석이네 엄마에 이어 기쁜 선물을 안겨 준 사람은 피시방 사장님이었다. 태인교회 장로였던 그는 재성 씨가 교회에 출석하면 화투장

크기의 종이에 직접 사인을 해 주었는데, 그걸 쥐고 피시방을 찾아가면 오후 5시까지는 맘껏 게임을 즐길 수 있었다.

"저를 포함해 친구 여섯 명이 그 교회를 다녔는데요, 정말 일요일은 꿀맛이었어요. 오전엔 하나님한테 그동안 잘못한 것들을 모조리 꺼내 용서를 빌 수 있죠, 오후에는 다가올 일주일에 쓸 에너지를 피시방에서 양껏 채울 수 있으니, 이거야말로 일거양득에 일석이조 아닌가요."

아버지 계모임 날이었다. 얼굴이 익은 친구도 있고 처음 보는 친구도 있었다. 그 친구들과 어울려 공을 차던 중 그만 공이 바다에 빠지고 말았다. 그때 한 아저씨가 쏜살같이 뛰어오더니 컴컴한 바다 속으로 뛰어들었다. 첨벙첨벙, 허우적허우적. 턱밑까지 차오른 가쁜 숨을 몰아쉬며 바다에서 공을 들고 나온 아저씨는 마치 꿈에서 보았던 사람처럼 재성 씨의 머리를 쓰다듬어 주었다. 순간 재성 씨는 콧날이 시큰거렸다. 저 아저씨도 바다를 품고 사는 걸까? 그렇게 믿고 싶었다. 가슴에 바다를 품지 않고서야 어떻게 저 컴컴한 물속으로 뛰어들 수 있단 말인가!

광진이는 나의 희망

거울 앞에 선 재성 씨의 얼굴색이 갑자기 붉어졌다. 하루 사이에 이렇듯 몰라보게 변할 수 있을까? 교복은 참으로 신기했다. 아무리 봐도 어제의 모습이 아니었다.

더욱 놀라운 사실은 학교 정문에서 벌어졌다. 초등학교와 다르게 중학교는 수문장이 지키고 있었다. 입학 첫날은 그 수문장이 낚았다 풀어 준 물고기처럼 신기해 보였지만, 시간이 지날수록 그는 성난 파도로 돌변했다. 땅바닥에 무릎을 꿇은 학생들이 날로 넘쳐났다.

"중학교 때 한번 사고를 된통 당한 적 있어요. 자전거를 타고 등교하다 승용차와 부딪치는 바람에 공중으로 붕 떴다 땅바닥에 곤두박질했는데, 놀랍게도 다친 곳이 전혀 없었어요."

잠깐 정신을 잃었던 걸까. 눈을 뜨니 승용차 운전사가 차에서 뛰어나와 병원부터 가자며 성화였다. 지금은 괜찮아도 나중에 더 큰 문제가 생길 수 있다며. 하지만 재성 씨는 길바닥에 널브러진 가방을 챙겨 힘껏 페달을 밟았다. 여기서 이렇게 시간을 지체했다간 지각으로 몰려 체벌을 면할 수 없었다. 사흘 전 만석이가 일부러 찾아와 귀띔해 주지 않았던가. 중학교는 초등학교와 달라서 학생지도주임 눈 밖에 났다간 뼈도 못 추릴 수 있다고. 그러니까 중학교는 장사로 치면 에누리가 전혀 없었다. 초등학교는 옷을 사든 신발을 사든 흥정으로 얼마간 값을 깎을 수 있지만 중학교는 모든 제품이 정가제여서 말하는 쪽 입만 아플 따름이었다.

모터가 없는 자전거는 이후에도 크고 작은 사고를 연달아 일으켰다. 잠깐 한눈을 파는 사이 홀러덩 꺼꾸러지질 않나, 앞바퀴 바퀴살에 우산이 끼여 언덕 아래로 나뒹구는 묘기를 연출하지 않나. 여하튼 이놈의 자전거 때문에 되는 일이 하나도 없었다.

"지각을 면하려고 산 자전거가 오히려 한 달에 한 번꼴로 찍히는 결과를 가져오고 말았으니 열 받을 수밖에요."

교문 앞에 도착하면 늘 교복이 말썽이었다. 거꾸러지고 나뒹굴기 일쑤인 자전거는 자신이 언제 그랬느냐는 듯 시치미를 딱 잡아뗀 채 성성한 반면 교복은 엉망이었다. 이 차림으로는 도저히 학생지도주임의 눈을 빠져나갈 수 없었다.

그러던 어느 날, 재성 씨네 집은 동광양에서 광양으로 이사를 갔다. 재성 씨는 그만 눈이 휘둥그레지고 말았다. 뭐, 이런 세상이 있나 싶었다.

"동광양을 벗어나자 고속도로가 나타났어요. 순간 하늘이 핑 도는 것 같았죠. 그때까지만 해도 저는 동광양이 우리나라의 끝인 줄 알았

단 말입니다.”

그렇지만 한편으론 불안한 것도 사실이었다. 아니나 다를까, 이번에도 역시 재성 씨의 자기소개는 불발로 그치고 말았다. 남들처럼 체격이나 작다면 또 모를까. 키 178센티미터에 몸무게 85킬로그램을 한 채 수모를 당하려니 자존심이 상했다. 정신을 차리고 보니 다행히도 교실에 여학생이 보이지 않았다. 순간 재성 씨는 안도의 한숨을 내쉬었다. 아무 데서나 훌훌 옷을 갈아입을 수 있다는 것 하나만으로도 커다란 축복이 아닐 수 없었다.

“광양중학교로 전학 갔을 때 제일 기뻤던 것은 광진이라는 친구를 만났다는 거예요. 저보다 체격이 더 큰 녀석과 한 반이 됐으니 얼마나 기쁘고 반가웠겠습니까. 이제야 좀 전학다운 전학을 온 기분이었죠.”

물론 눈에 거슬리는 점도 없진 않았다. 자신과 견줬을 때 광진이는 달리기도 잘하고 성격 또한 시원시원했다.

“유연성에서 광진이가 현역 선수라면 저는 심판을 봐야 할 처지였어요. 그것도 모자라 춤까지 잘 추니까, 광진이가 무대에 오르면 응당 저로서는 꼬리를 내릴 수밖에 없었고요.”

포환

점심 식사를 마친 뒤였다. 자신과 함께 가 볼 데가 있다는 말에 광진이를 따라나선 재성 씨는 쇠망치로 뒤통수를 한 대 얻어맞은 기분이었다. 일은 거기서 끝나지 않았다. 앞으로 닷새 후면 시대회가 열린다는 체육 교사의 말이 무슨 포고문처럼 귀에 쟁쟁거렸다.

"발을 빼기엔 이미 늦었다는 생각이 들었어요. 저 몰래 광진이와 체육 교사 사이에 밀약이 있었더라고요."

체육 교사의 시범동작을 눈여겨 지켜본 재성 씨는 오른쪽 턱밑에 포환을 고정시킨 다음 오른손 검지와 중지, 약지 손가락으로 포환을 감싸듯 쥐었다. 그러나 지름 2.135미터의 정해진 서클 안에서 포환을 던지는 게 마음처럼 잘 되지 않았다.

"손가락으로 포환을 지탱한 다음 손목은 자연스럽게 뒤로 굽혀 힘을 완전히 빼야 내부저항을 줄일 수 있는데, 그게 어디 말처럼 쉬워야 말이죠."

다음 동작(글라인드)도 어렵긴 마찬가지였다. 포환을 투척하기에 앞서 체중을 오른쪽 다리에 70, 왼쪽 다리에 30으로 분배했을 때 좀 더 완벽한 자세를 취할 수 있지만, 난생처음 포환을 쥐어 보는 재성 씨로서는 모든 게 낯설고 서툴 수밖에 없었다.

"살아 있는 인간 마네킹이요? 제 포즈가 꼭 그랬어요. 던지고 나면 뭔가 시원하고 후련해야 하는데 매번 찝찝했지요."

사흘간의 연습 끝에 시대회에서 거둔 성적은 7위. 대회를 마친 다음 날 체육 교사가 직접 교실로 찾아왔다. 하지만 재성 씨는 부모님이 허락하지 않을 거라며 한 걸음 뒤로 물러섰다. 멋모르고 광진이 등에 업혀 시대회를 나간 건 사실이지만 운동은 아무나 하는 게 아니었다.

자신의 적성에 맞지 않을뿐더러 몸이 따라 주지 않았다.

닫혔던 재성 씨의 마음이 서서히 풀리기 시작한 건 체육 교사의 유혹 때문이었다. 5교시 수업만 마치면 학교 공부는 땡이라는 말에 재성 씨는 서둘러 가방을 챙겼다.

그러나 막상 공설운동장에 도착해 보니 이것도 생각처럼 쉬운 일만은 아니었다. 그중에서도 달리기 시간이 제일 고역이었다.

"보시다시피 저는 투척이잖아요. 그런데도 밥 먹고 달리기만 하는 육상부들과 똑같이 뺑뺑이를 도니 화가 날 수밖에요."

재성 씨는 더는 뛰고 싶지 않아 트랙에 넙죽 주저앉아 버렸다. 그러자 호루라기로 구령을 붙이던 코치가 귀신같이 달려와서는 버럭 소리를 질렀다.

"투척(포환, 원반, 창, 해머 등)도 육상에 포함된 기종 중 하나라는데 무슨 말을 더하겠어요. 당장 학교로 돌아가라고 소리를 지를 땐 제 머릿속이 좀 복잡하긴 했습니다."

그동안 포환선수로 활동하지 않았다면 과연 부모님이 외박을 묵인해 주었을까? 만석이와 광진이네 집을 번갈아 오가며 몰래 소주잔을 기울이던 재미는 또 어쩔 텐가! 생각이 여기에 이르자 재성 씨는 자리에서 벌떡 일어났다. 여기서 포환을 그만둔다면 기실 득보다 실이 더 많았다.

전국 학생 육상경기 대회는 경북 안동에서 열렸다. 너무 큰 대회인데다 긴장을 한 탓인지 재성 씨의 성적은 생각보다 저조했다. 3회 투척에 파울만 두 차례. 고개를 들 수 없었다.

"투척을 마친 뒤 코치님의 표정을 보는 순간 이제 죽었다는 생각밖에 들지 않았어요."

포환, 원반, 해머 경기가 진행될수록 침체되어 가는 분위기를 되살려 놓은 건 광진이였다. 육상 200미터에 이어 400미터에서도 선두 자리를 내놓지 않은 녀석은 개선장군이 따로 없었다.

"두 달 뒤에 열리는 도대회에 출전하려면 전국대회에서 1, 2위에 들어야 하는데, 그때 제 성적이 3위였어요. 속도 상하고 광진이 녀석이 부럽기도 하고……. 코치님 말대로 안동에서 개최된 전국대회는 광진이의 날이었거든요."

학교로 뜻밖의 소식이 날아든 건 도대회를 열흘쯤 남겨 둔 무렵이었다. 전국대회에서 2위를 한 선수가 개인 사정으로 기권을 하는 바람에 그 기회가 재성 씨에게 주어졌다. 예상치 못한 선물에 다시 자세를 가다듬은 재성 씨는 뙤약볕이 내리쬐는 운동장에 나가 구슬땀을 흘렸다.

"다른 기종에 비해 포환은 연습량이 월등히 적은 편이에요. 하루 30회 정도 투척하고 나면 코치님이 그늘에 가서 쉬라고 외치죠."

상대는 더위였다. 허리와 다리, 손으로 미는 힘이 일체가 되었을 때 더 좋은 성적을 내는 7.257킬로그램짜리 포환을 몇 차례 투척하고 나면 전신이 한바탕 소나기에 젖은 것 같았다. 더구나 포환은 훈련을 같이 할 파트너가 없어서 외로울 때가 많았다.

가을에 열린 도대회 결과는 실망 그 자체였다. 14미터를 던져 차지한 순위는 5위. 화가 난 재성 씨는 운동장 바닥에 주저앉아 한바탕 엉엉 울고 말았다.

"광진이와 헤어지는 게 못내 아쉽긴 했지만 포환선수로 활동한 건 거기까지였어요."

징계냐 제적이냐

고등학교는 일부러 남녀공학을 지망했다. 그동안 포환선수로 활약한 게 큰 도움이 되었다.

"사람마다 사이즈가 다 다를 수밖에 없듯 다시는 아무한테도 꿀리고 싶지 않았어요."

하지만 그건 본인의 희망사항일 뿐이었다. 중학교 3년 과정의 최종 성적을 보니 언어(6등급)를 제외한 나머지 과목은 모두 9등급이었다. 순간 제일 먼저 떠오른 사람은 작은형이었다. 1년 남짓 포환선수라는 명함 덕에 용케도 몸을 피할 수 있었지만 이제부터가 걱정이었다.

도서관으로 끌려 다닌 지 열흘 남짓 되었을까. 먼저 백기를 든 사람은 공부벌레 작은형이었다.

"그날 작은형이 한숨을 내쉬며 이렇게 말했어요. 너를 가르치려면 초중고 교사를 다 불러와도 불가능할 거라고요."

그렇다면 오늘부터 해방? 빙그레 웃던 재성 씨가 다시 말을 이었다.

"작은형 말에 갑자기 이런 표어가 떠올랐죠. 숨어서 가슴 졸이지 말고 자수하여 광명 찾자! 그러니까 제가 하고 싶은 말은, 패가 약한 사람일수록 한 번 벗어 줄 때 속 시원히 벗어 줘야 작은형처럼 두 번 다시 미련을 갖지 않는다는 거예요."

광양고등학교에 입학한 재성 씨는 가장 먼저 야간자율학습을 머릿속에서 말끔히 지워 버렸다. 정규수업만으로도 벅찬 마당에 방과 후까지 교실에 남아 있으려니 턱턱 숨이 막혔다. 그러나 그 결과는 입학 달포 만에 얻은 징계로 나타났다. 공부와 담을 쌓다 보니 친구들의 돈을 뺏고 엠피쓰리를 빌려 듣기 일쑤였다.

"처음엔 그냥 별생각 없이 저질렀던 것이 일이 점점 더 크게 번지면서 외통수로 몰린 거죠. 부모님까지 학교로 불려 왔을 적엔 이제 잘렸구나 싶었고요."

그나마 하늘이 도왔던 걸까. 사회봉사 10일로 제적을 면한 재성 씨는 열흘 동안 묵묵히 교내 잡풀을 뽑았다. 하지만 마음은 갈수록 무거웠다. 정작 식구들과 얼굴을 마주할 때면 지옥도 이런 지옥이 없었다. 말을 할 수 있나, 그렇다고 숨을 제대로 쉴 수 있나. 그때마다 재성 씨는 자신의 체격이 원망스러웠다.

"사회봉사 10일이라는 징계가 떨어진 후 유일한 도피처는 피시방이었어요. 말하는 사람보다 말 못하는 기계가 훨씬 더 편했죠."

이삿짐센터를 운영하는 아버지를 따라나선 건 고 2 여름방학 때였다. 포환선수로 활약했을 때처럼 이번 여름은 몸으로 때우는 일을 꼭 해 보고 싶었다.

"아버지 말대로 이삿짐센터 일이 힘들긴 힘들더라고요. 힘 하나 믿고 큰소리쳤다가 반나절도 못 되어 헉헉댔으니 제 꼴이 얼마나 우스웠겠습니까."

아마 이것도 아버지와 단둘이 일을 했다면 작심삼일로 끝났을지 모른다. 다행히 두 아저씨와 어우러져 일을 하다 보니 일당 1만 원짜리 노동이 그렇게 나쁘지만은 않았다. 그리고 나중에 안 사실이지만 냉장고, 에어컨, 장롱 등 덩치가 큰 물건들은 힘으로 몰아붙여서 될 일이 아니었다. 요령이 60이고 힘은 고작 40에 불과했다.

여름방학을 마치고 학교로 다시 돌아오니 야간자율학습이 골칫덩어리였다. 한 차례 징계를 받은 터라 빠져나갈 구멍마저 보이지 않았다. 그렇다고 이 문제를 마냥 방치할 수도 없는 일이었다. 읽고 있던 판타지 소설을 책상에 덮어 둔 재성 씨는 담임을 찾아가 협상카드로 살빼기를 내밀었다. 그러자 담임은 부모님의 동의서를 요구했다.

"다른 건 다 잊어도 야자를 해결한 그날만은 결코 잊을 수가 없어요. 그걸 해결하는 순간 제 머릿속에 백 촉짜리 전구가 팍팍 켜지는 기분이었으니까요."

무서운 두 형

재성 씨의 뇌리에 공포의 외인구단으로 자리 잡은 두 형이 방학을 맞아 서울에서 내려온 날이었다. 헬스클럽 회원증을 압수당한 재성

씨는 하루하루가 도살장으로 끌려가는 기분이었다. 차라리 이럴 바엔 학교에 나가 보충수업을 받고 싶었다.

"왜 저라고 자신에 대해 생각해 보지 않았겠어요. 두 형은 저렇게 남들이 부러워할 만큼 공부를 잘하는데 왜 나만 이 모양 이 꼴일까. 혹시 두 형과 핏줄이 다른 건 아닐까. 달라도 너무 다르다 보니 어떤 날은 부모님을 의심한 적도 있었어요. 왜 드라마를 보면 아버지가 몰래 낳아서 데려온 애들이 더러 있잖아요."

번갈아 가며 지도해 주는 두 저승사자의 개인과외에도 아랑곳하지 않고 재성 씨의 성적은 바닥을 면치 못했다. 학교 수업 또한 듣는 둥 마는 둥 대부분의 시간을 피시방에서 보냈다.

"아무리 생각해 봐도 제 경우는 공부를 해서 먹고살 팔자는 아니었어요. 사람마다 좋아하는 음식과 싫어하는 음식이 있는 것처럼 저 또한 그렇게 살고 싶었죠."

그때 떠오른 사람은 아버지였다. 학력은 비록 고등학교 졸업이 전부지만 아들 둘은 대학에, 막내는 고등학교에 보냈다면 괜찮은 성적 아닌가. 야구로 치면 3할 타자였다.

며칠 뒤 재성 씨는 자신이 품고 있는 지금의 생각을 아버지에게 솔직히 털어놓았다. 그러나 아버지는 이 힘든 일을 너에게까지 물려주고 싶지 않다며 자리를 뜨고 말았다.

"별말씀 없이 자리를 떠 버려 서운하긴 했지만 그렇다고 실망까지는 아니었어요. 그동안 했던 고민과 앞으로의 계획을 아버지께 사실대로 털어놓고 나자 막혔던 가슴이 뻥 뚫리는 것 같았죠."

아버지의 뒤를 잇겠다며 마음을 정한 뒤였다. 수능이 코앞으로 다가왔는데도 재성 씨는 학교에 붙어 있는 날보다 밖으로 떠도는 날이 더 많았다. 수업 중에 교실을 빠져나와 다음 날 문제가 생기면 그때그때 무릎을 꿇거나 반성문으로 해결했다.

"반성문을 쓸 때는 최대한 문장을 길게 늘려 써야 효과를 발휘할 수 있어요. 그렇게 써야 선생님들이 대충 훑고 지나가거든요."

수능일이라고 해서 특별히 긴장되는 건 없었다. 오면 오나 보다 가면 가나 보다, 그 마음으로 임했다. 아는 문제가 전혀 없는 수리는 시간이 길어 지루했고, 3교시 외국어 시간은 서둘러 답안지부터 작성한 뒤 책상에 얼굴을 묻어 버렸다. 시간 전에 절대 고사장을 나와서는 안 된다는 작은형의 당부만 없었다면 당장 뛰쳐나가고 싶었다.

그렇지만 졸업식 날은 마음이 좀 뒤숭숭했다. 철들자 이별이라더니 교복보다 추리닝을 더 즐겨 입었던 지난 3년이 오래된 영화 필름처럼 머리를 스쳐 갔다. 마지막 등굣길에서 재성 씨는 그 점이 제일 마음에 걸렸다.

한 사람씩 돌아가며 담임과 마지막 대화를 나눌 때였다. 자신의 차례가 다가오자 재성 씨는 그만 눈물이 핑 돌았다.

"그동안 속만 썩여 죄송하다니까 담임이 뭐란 줄 아세요? 다음에 이삿짐센터 사장이 되거든 광양에서 제일 맛있는 술 한잔 사라고 하셨죠."

하나쯤은 힘쓰는 일 해도 되지 않을까요

이미 작정한 대로 재성 씨는 졸업과 동시에 이삿짐센터 일에 뛰어들었다. 그런데 일주일 남짓 일을 해 보니 여기나 저기나 사람이 문제였다.

"이사하는 날 차량 기사가 안 보이면 속이 부글부글 끓어요. 사는 곳을 찾아가 보면 전날 술을 얼마나 마셨는지, 그때까지 자고 있는 경우가 허다하고요."

4인 1조로 돌아가는 이사 일은 인원이 몇 안 되는데도 불구하고 맡은 바 소임이 클 수밖에 없다. 2명이 먼저 이사 갈 집의 의류와 주방

기구들을 포장하면 나머지 2명은 운반을 책임지는데, 문제는 이 모두가 수작업을 통해 이뤄진다는 점이다. 특히 이사는 가는 쪽이나 오는 쪽이나 가급적이면 미리 약속한 시간을 어겨서는 안 된다. 그러나 막상 현장에 도착해 보면 주차된 차량들 때문에 난감한 적이 한두 번이 아니었다.

"사다리차와 탑차가 자리를 잡아야 이삿짐을 운반할 수 있는데, 지상에 주차된 차들을 빼려면 진땀 꽤나 쏟아야 해요."

설사 그렇다고 하더라도 이웃 주민에게 절대 짜증을 내선 안 된다. 이삿짐센터도 엄연히 서비스업 중 하나. 먼저 협조와 양해를 구하는 게 최선의 도리다. 재성 씨 눈에 아버지가 남달리 보인 것도 바로 그

때문이었다. 며칠 전 삼십 대 초반의 남자가 주차 문제로 목청을 높이며 덤빌 기세였는데도 아버지는 연신 고개를 숙인 채 묵묵히 받아들였다.

"그날 좀 놀라긴 했어요. 아버지도 한 성격 하시는 분이거든요."

담배를 피워 문 아버지가 가만히 재성 씨를 불렀다.

"굉장히 조용한 목소리로 이 말을 들려주셨어요. 이 일을 이어받고 싶거든 먼저 자신을 낮추는 법부터 배우라는. 특히 이사는 봄에 뿌린 씨앗을 가을에 수확하는 것과 같아서 첫째도 둘째도 절대 화를 내서는 안 된다고 하셨죠.”

그런가 하면 이사는 일기에 상당히 예민한 편이다. 비도 그렇지만 바람이라고 해서 예외일 수 없다. 바람이 너무 심하게 불면 사다리차를 사용할 수 없기 때문이다.

“‘꼽날’이 바로 그런 날이에요. 아파트 주민들이 이용하는 승강기로 그 많은 짐을 다 운반해야 하는데, 그런 날은 몸도 마음도 녹초가 되고 말죠.”

가는 날이 장날이라고 다음 날 아침 눈을 뜨니 밖에 비가 내리고 있었다. 서둘러 모텔을 빠져나와 중마동 주공아파트로 향했다. 5층 건물 3층 안으로 들어서자 두 명은 포장 중이고, 재성 씨는 그 짐을 사다리에 실어 내리는 중이었다.

“이 정도 비는 괜찮은 편이에요. 그리고 이사는 보통 아침 7시경 시작하는데 장거리 이사일 경우에는 전날 짐을 싸서 새벽 두세 시경 출발해요.”

다행히 오늘은 이사하는 곳이 같은 동네여서 한시름 놓았다.

“짐 싸는 데 보통 얼마나 걸립니까?”

“평수에 따라 조금씩 차이는 있지만 가구당 3시간에서 5시간이면 충분하죠.”

사다리가 오르내리기를 벌써 20여 차례. 맨 먼저 두 개의 방이 비워지더니 이번에는 부엌이 비워졌다. 힘쓰는 일은 주로 재성 씨가 도맡았다.

"공부 잘하는 형을 둘이나 뒀으니
그중 하나는 힘쓰는 일을 해도 좋지 않을까요."

"이사를 하다 보면 어떤 기분이 듭니까?"

"비웠다 채우는 일을 반복해서 그런지 좋을 때도 있고 슬플 때도 있어요. 오늘처럼 20평 아파트에서 30평 아파트로 이사를 하면 일하는 사람도 기쁘지만 반대로 형편이 더 안 좋은 곳으로 가면 마음이 영 안 좋아요."

"그뿐인가요?"

"이삿짐을 포장하다 보면 이 집이 그동안 어떻게 살았는지 알 수 있어요. 아, 이 집 식구들은 음악을 좋아했구나. 아, 이 집은 굉장히 너르고 부자인데도 사막처럼 살았구나. 이런 걸 살림살이를 보면 알 수 있죠."

아닌 게 아니라 3시간 가까이 짐 싸는 걸 지켜보니 집주인의 흔적이 고스란히 묻어났다. 든 자리보다 뜬 자리를 통해 심안을 갖는다 했던가. 오늘 이사 가는 집이 그랬다. 그동안 얼마나 알뜰살뜰 살았던지, 살림살이가 꽤 낡았는데도 반들반들 윤기가 흐르는가 하면 따뜻한 체온이 느껴졌다.

"선생님은 되도록 이사 가지 마세요. 이삿짐센터에서 제일 꺼리는 고객 중 한 명이니까요."

"그건 왜죠?"

"집에 책 많으시죠? 그거 이사할 때 곱으로 피곤해요. 시간도 엄청 잡아먹고요."

마치 시원한 맥주를 한잔 들이켰을 때처럼 재성 씨의 목소리가 상쾌했다. 자잘한 살림도구와 함께 이번에는 냉장고, 장롱, 침대가 사다리에

실려 내려갔는데, 3층에서 아들이 내려 보내면 재성 씨의 아버지는 그
물건들을 5톤 탑차에 차곡차곡 실었다. 채우려거든 먼저 비워라? 이사
가 그랬다. 3시간 만에 한 집의 살림살이가 말끔히 비워졌다.

"이 집 저 집 이사를 해 보니 알겠더라고요. 오너부터 먼저 솔선수
범하지 않으면 그날 이사는 좋지 않게 끝날 수도 있어요."

덧붙여 그는 이 말도 들려주었다.

"공부 잘하는 형을 둘이나 뒀으니 그중 하나는 힘쓰는 일을 해도
좋지 않을까요. 뛰는 놈 위에 나는 놈 있다고 해도 저는 몸으로 뛰면
서 살고 싶습니다."

이삿짐 차에 오른 재성 씨가 손을 흔들어 보였다. 그러고 보니 재성
씨는 이제야 비로소 자신의 발에 맞는 신발을 찾아 신은 듯했다.

두 청년

2011년에 고등학교를 졸업한 허준혁 씨와 홍성현 씨는 '화인'에서 일한다. 대구광역시 용신공단에 위치한 화인은 자동차 부품(핸들 조향장치)을 생산하는 중소기업체로, 하루 12시간씩 2교대로 돌아간다. 근무 조건은 주5일에 1일 8시간으로 되어 있지만 근로기준법을 따랐다간 손에 쥐는 게 별로 없다. 그래서 두 사람은 평일에는 오후 5시부터 8시까지 연장 근무를, 토요일과 일요일은 격주로 특근을 한다.

어머니 떠나고 아버지 떠나고

뿔테 안경을 쓴 준혁 씨를 만났다. 마치 외진 모서리를 보는 것 같았다. 보통 키에 균형 잡힌 몸매도 한몫 거들었다. 그의 이미지가 한 꺼풀씩 걷힌 건 저녁 식사와 함께 술잔이 오가면서부터였다. 대화가 거듭될수록 준혁 씨의 듬성듬성한 빈틈은 감성으로 채워졌다. 겉으로는 강해 보였지만 마음의 문을 열고 보니 그곳에 온기가 있었다.

준혁 씨의 부모님은 일찌감치 각자의 길로 돌아섰다고 한다. 그의 나이 네 살 무렵이었다. 울고 또 울어 봤지만 어머니는 그 길로 다시 돌아오지 않았다. 어머니가 떠나고 세 해 만에 그 빈자리를 새어머니가 채웠다.

"두 분의 이혼에 대해서는 별로 아는 게 없어요. 제 나이가 너무 어린 탓도 있었지만 차마 물을 수도 없었죠. 새엄마와 사이가 썩 좋지 못했거든요."

준혁 씨가 보기에 문제는 아버지 쪽이었다. 예나 지금이나 아버지는 사나흘에 한 번꼴로 식구들을 괴롭힌다. 좋지 못한 술버릇 때문이다. 술에 취해 들어오면 아버지는 새벽까지 고래고래 목청을 높였다.

"우리 집 분위기가 그렇게 된 데는 선천성 사지장애를 앓고 있는 작은누나의 영향도 있었죠. 저도 집에서 웃을 일이 별로 없다는 게 너무 힘들었으니까요."

준혁 씨의 가족사를 묵념하는 자세로 듣고 있던 성현 씨가 불쑥 끼어든 것은 성적 이야기가 나왔을 때였다. 중학교 3년 동안 줄곧 하위

권을 맴돌았던 성적이 고 1로 접어들어 상위권을 유지했다는 준혁 씨 말에 성현 씨가 별안간 눈을 치켜떴다. 이것만큼은 기어이 짚고 넘어 갈 기세였다.

그런데 이 무슨 싱거운 한판이란 말인가. 거머리처럼 달라붙는 성현 씨의 다그침에 준혁 씨가 그새 슬그머니 발을 빼고 말았다. 자연스레 성적도 상위에서 중상위로 수정되었다.

"그럼 그렇지! 인간의 아이큐가 무슨 고무줄도 아니고, 자라처럼 바닥을 긴 성적이 상위권으로 뛰었다는 게 좀 그렇잖아."

경상북도 성주에서 나고 자란 성현 씨는 거구다. 그 때문인지 술잔을 들이키는 속도도 '원샷'이다. 그렇지만 자세히 보니 덩치에 비해 넉

살이 보통이 아니었다. 은근슬쩍 던지는 농담에 구렁이능청까지, 곰
살궂기가 이를 데 없었다.

서울에 있는 모 호텔 레스토랑에서 요리사로 일한 성현 씨의 아버
지가 귀향길에 오른 건 지금으로부터 15년 전이었다. 성주읍에 중국
집을 차렸지만 가족과 함께 보낸 시간은 그렇게 길지 않았다. 성현 씨
가 고 1 때 심장마비로 그만 세상을 뜨고 말았던 까닭이다.

"체계가 꽉 잡힌 호텔 레스토랑에서 근무한 탓인지 굉장히 엄격했
어요. 요리할 때 쓰는 칼을 보는 것 같았죠."

초등학교 5학년 때였다. 교회 친구들과 어울려 놀다 저녁 9시경 귀
가한 성현 씨는 그날 밤 아버지의 구타를 고스란히 견뎌야 했다. 하지

말라는 일을 했거나 약속을 지키지 않았을 때, 그리고 사전에 알리지 않았을 때 아버지는 곧잘 이성을 잃곤 했다.

술잔을 만지작대던 성현 씨가 아버지에 이어 어머니 이야기를 하려던 참이었다. 뭔가 새로운 사실을 발견한 표정으로 준혁 씨가 성현 씨의 이야기를 가로막았다. 너, A형이지? 그걸 어떻게 알았지? 누굴 닮았나 했더니 엄마 쪽이구나. 조용하고 소심한 게 딱 맞네. 이번엔 성현 씨 차례였다. 그러는 넌 무슨 형인데? A형. 진짜? 속고만 살았나. 속일 게 없어 자신의 피를 속이냐. 순간 성현 씨의 얼굴이 반가움으로 가득 찼다. 어처구니없게도 둘은 혈액형이 같다는 이유로 하이파이브를 했다.

"제 체격이 처음부터 이랬던 건 아니고요, 중학교 2학년 때만 해도 보통이었습니다."

중 3으로 접어들면서 자신의 체중이 갑자기 부풀어 올랐다는 성현 씨가 난데없이 웬 여학생을 들먹였다. 순간 준혁 씨의 눈초리가 심상치 않았다. 상대가 먼저 선수를 치는 바람에 기회를 놓치고 말았다는 분위기였다. 아닌 게 아니라 여학생 이야기가 나오고 나서부터 그의 엉덩이가 눈에 띄게 들썩거렸다.

첫사랑

열다섯, 중 2 때였다. 물에 물 탄 듯 술에 술 탄 듯 그날이 그날 같은 면소재지 중학교에 웬 아리따운 여학생이 전학을 왔다. 동면의 긴 겨울을 보내고 해빙의 봄을 맞았을 때처럼 교실이 후끈 달아올랐다.

"면소재지 학교에서 도시로 진학을 하거나 전학을 가면 다들 당연히 여기면서도 반대로 도시에서 시골로 전학을 오면 이슈가 되곤 하잖습니까. 바로 그 여학생이 그랬어요. 꽃병에 꽂아 두기에는 왠지 촌티가 나는 들꽃만 보다가 드디어 꽃집에서 파는 꽃을 보는 것 같았죠."

물론 성현 씨도 그 무리 중 하나였다. 혜란을 처음 보는 순간 필이 팍 꽂혀 버렸다.

"눈 깜짝할 사이에 천국과 지옥이 한바탕 전쟁을 치른 기분이었다고 할까요. 수업 시간이든 쉬는 시간이든, 혜란이를 보고 있으면 심장이 쾅 터져 버릴 것 같았습니다."

둘이서 딱 30분만 대화를 나눌 수 있다면 당장 목숨이라도 내놓을 수 있을 것 같았다. 혜란에게 접근을 시도한 건 빼빼로데이 하루 전이었다. 들러붙는 친구들이 너무 많아 그전에 선수를 칠 요량이었다.

"무려 두 달을 벙어리처럼 끙끙 앓아 댔으니 제 심정이 어땠겠습니까. 그동안 모은 용돈에서 절반을 덜어 내 빼빼로를 왕창 샀어요."

그런데 그때 준혁 씨가 컷! 사설이 너무 길다며 꼬리를 삭둑 잘라 버렸다.

"그래서 어떻게 됐는데?"

"어떻게 되긴. 아까운 돈만 날렸지. 한 시간을 뜸들인 끝에 너랑 한 번 사겨 보고 싶다니까 가이나가 뭐란 줄 아냐? 김 새게시리 대구에 남친이 있다더라."

"빙신! 대시를 하려고 마음먹었으면 사전에 그 정도 정보는 알아보고 했어야 하는 거 아냐? 에이, 좋다 말았잖아!"

이럴 줄 알았으면 준혁 씨 말대로 빼빼로를 조금 덜 살 걸 그랬나. 팔뚝 크기만 한 빼빼로를 한 아름 꽃다발로 안긴 게 후회막급이었다. 더욱 실망스러운 점은 지난가을에 전해들은 혜란의 소식이었다. 이제 겨우 스무 살에 결혼을 하다니……. 가까운 친구를 통해 혜란의 소식을 접한 성현 씨는 바닥에 주저앉고 싶은 심정이었다. 설령 만날 순 없더라도 상황이 너무 차이가 났다. 아직 미혼인 그를 첫사랑으로 품고 있을 때와 이미 그 사랑이 남의 여자가 돼 버린 때. 그 차이는 얼마나 크고 얼마나 슬픈가. 다음 날 술에서 깼을 때 성현 씨의 스무 살 가슴은 꽃 피는 봄에서 황량한 겨울 들판으로 바뀌어 있었다. 성공보다는 실패할 확률이 훨씬 더 많았던, 성현 씨의 첫사랑이 와르르 무너지는 순간이었다. 기다렸다는 듯이 준혁 씨가 핸들을 중 1 때로 꺾었다.

인희를 처음 본 건 다른 반 친구에게 만화책을 빌리러 가서였다. 성현 씨처럼 준혁 씨도 인희를 처음 보는 순간 그만 뿅 가고 말았다.

"인희에게 반한 건 뽀얀 피부 때문이었어요. 드러나게 예쁜 얼굴이 아닌데도 인희의 뽀얀 살결을 훔쳐보고 있으면 기분이 너무 좋았습니다. 그렇게 귀여운 애를 보는 건 처음이기도 했고요."

하지만 언감생심, 반에서 1위를 달리고 있다는 친구의 말에 준혁 씨는 그만 기가 죽고 말았다. 하고많은 여학생 중에 왜 하필이면 인희란 말인가.

"제 자신이 좀 불쌍하긴 했어요. 뭐라도 한 가지 맞는 구석이 있어

야 대시를 하죠."

지레 포기하고 말았던 장벽에 한 줌 햇살이 내비친 건 그해를 넘긴 뒤였다. 2학년 새 학기를 맞아 인희와 같은 반이 된 준혁 씨는 짝꿍을 정하는 제비뽑기에 앞서 잠시 눈을 감았다. 같은 반 같은 자리. 생각만으로도 가슴이 뛰었다.

"잠깐만! 너 지금 소설 쓰냐? 인희와 같은 반이라는 건 눈감아 줄 수 있지만 짝꿍까진 좀 그렇잖아. 짜고 치는 고스톱도 아니고."

잊을 만하면 나타나 찬물을 끼얹는 성현 씨의 태클에 준혁 씨의 표정이 붉으락푸르락, 당장이라도 덤벼들 기세였다. 그러나 잠시 숨을 고른 그는 첫사랑을 어떻게 소설처럼 꾸며 댈 수 있느냐며 내심 안타까운 표정을 지어 보였다.

"이것만큼은 하늘에 대고 맹세할 수 있어요. 인희를 만난 뒤로 내가 원하는 이성이 어떤 스타일인지 알게 됐으니까요."

그렇다고 해서 인희를 꼭 내 것으로 만들고 싶은 마음은 없었다. 그냥 하루하루 바라보는 것만으로도 족했다.

"인희와 짝꿍이 된 뒤로는 공부고 뭐고 되는 게 하나도 없었습니다. 물론 공부 좀 하라며 저를 깔볼 때는 화가 나기도 했습니다. 이건 매일 고문을 받는 것 같았으니까요."

앞으로 두 번 다시는 머리 좋고 공부 잘하는 여자를 만나고 싶지 않다는 준혁 씨의 말이 채 끝나기 전이었다. 동병상련처럼 성현 씨가 위로의 잔을 건넸다.

"마, 잊어뿌라. 사랑은 좀 모자란 커플끼리 해야 아껴 주고 채워 주는 맛이 있다 아이가. 나도 예전에 우리 엄마 잔소리가 듣기 싫어 미칠 지경이었는데 지금은 마 아니다. 우리 엄마 말처럼 이쁘고 똑똑한 것 데려왔다가 훌러덩 도망치면 어쩔 긴데."

컴퓨터, 얼마간의 돈, 그리고 잠들 곳……

새어머니가 들어온 지 벌써 두 해가 지났건만 집안 분위기는 좀처럼 나아질 기미를 보이지 않았다. 아버지의 주사는 오히려 날로 늘어나는 추세였다. 어머니의 간청에 따라 큰누나와 함께 자취를 시작한 준혁 씨는 어느 날부턴가 학교로부터 멀어지는 자신을 발견했다.

"자취가 그렇더라고요. 대놓고 간섭하는 사람이 없는 데다, 공부마저 흥미를 잃고 나니까 자연 결석하는 횟수가 많아질 수밖에 없었어요. 그런데 이상한 점은 학교 정문과 피시방 입구가 너무 달랐다는 거예요. 학교 정문을 보면 한숨이 먼저 나오는데 피시방에 갈 땐 약국에 영양제를 사러 가는 기분이었죠."

시급한 해결과제는 등교시간이었다. 누나보다 좀 더 일찍 자취방을 나서야 하는 준혁 씨로서는 마땅히 갈 곳이 없었다. 그 시간에 피시방을 간다는 건 양심상 내키지 않았다. 해서 준혁 씨는 인근 공원으로 잠시 몸을 피했다가 누나가 등교할 즈음 자취방으로 되돌아가는 방법을 택했다.

"아무튼 그 무렵은 컴퓨터와 얼마간의 돈, 그리고 잠들 곳만 있으면 천국이 따로 없었어요."

"정말 신기하다, 신기해! 우리 둘은 어쩌면 이렇게 닮은 점이 많냐. 사실은 나도 중 3 때부터 샛길로 빠졌거든"

추임새를 넣는 성현 씨의 말대로 두 사람은 이야기가 진행되면 될수록 닮은 구석이 계속해 불어났다. 내보일 축에도 못 끼는 가정형편에 첫사랑의 실패, 거기에다 학교를 등한시한 시기까지…… 아무튼 둘은 간간이 터지는 놀라운 감탄에 박장대소로 화답했다.

이번에도 역시 가라앉는 분위기를 살려 놓은 건 성현 씨였다. 그는 구렁이 담 넘어가듯 지난 기억들을 적재적소에 펼쳐 놓았다.

 "준혁이 넌 우중충한 피시방에서 땡땡이를 깠지만 나는 좀 달랐다. 보름 간격으로 친구들과 영화도 한 판씩 때렸는데, 너도 나중에 꼭 〈찰리와 초콜릿 공장〉을 다운받아 봐라. 모르긴 해도 이 영화를 보고 나면 그동안 쌓인 찝찝한 것들이 한 방에 날아갈 거다."

 성현 씨가 친구에게 권한 영화는 달콤하고 상쾌한 일종의 판타지다. 윌리 웡카의 초콜릿 공장에 들어간 찰리는 자신의 눈앞에 펼쳐진 광경에 그만 입을 다물지 못한다. 한쪽에는 초콜릿폭포가 흐르고 그 옆에서는 움파 룸파 족들이 거대한 초콜릿과자 산에서 삽질을 하고 있었다. 사람들이 용머리 모양을 한 설탕보트를 타고 초콜릿 강을 건너는가 하면, 초콜릿 강가에는 꽈배기사탕이 열리는 나무와 민트설탕 풀이 자랐다.

 하지만 준혁 씨는 정작 떫은 감을 씹은 표정이었다. 느네들 노는 꼴이 참으로 한심타는……. 그 점을 눈치 챘는지 성현 씨도 더 이상 입을 열지 않았다.

 2011년 가을이었다. 모다아울렛 성서 지점에서 중학교 시절 교사와 마주친 준혁 씨는 일부러 고개를 돌려 버렸다.

 "인간의 기억이 무섭긴 했어요. 다른 교사들은 결석을 해도 충고 몇 번에서 그쳤는데 유독 그 교사만 저를 눈물 나게 팼거든요. 그것도 주먹으로요. 차라리 매나 몽둥이로 맞았으면 좋았을 텐데 그 교사는 친구들이 보는 앞에서 저를 조폭처럼 두들겨 팼습니다."

 아무런 예고도 없이 채널을 돌려 화면 전체를 바꿔 버린 준혁 씨의 이야기에 분위기는 쥐 죽은 듯이 얼어붙고 말았다. 아무래도 장소를 다른 곳으로 옮겨야 할 듯싶었다. 우리는 근처 커피숍으로 향했다.

속았다는 생각이 들었다

두 사람에게 실업계고 진학은 크게 고민할 문제는 아니었다. 다만 성현 씨는 외아들인 관계로 어머니의 요청에 따라 교사와 한 차례 상담을 했다. 그날 상담에서 교사는 부진한 성적과 집안 환경을 고려해 인문계고보다는 실업계고 진학을 강력 추천했다.

고등학교 입학과 함께 먼저 마음을 다잡은 쪽은 준혁 씨였다. 숯불 구이집에서 아르바이트를 한 게 큰 도움이 되었다.

"불판 닦으랴, 숯불 피워 손님들 상에 올리랴, 일이 좀 고되긴 했지만 사장님을 잘 만났던 것 같아요. 소주를 마시다 말고 저한테도 잔을 권했는데, 그때마다 저는 세상 돌아가는 이치를 배울 수 있었죠."

중학교와 다르게 고등학교는 돈이 좀 들어가는 편이었다. 그렇다고 부모님에게 손을 벌릴 만한 형편은 못 되었다. 집에서 받는 돈이라고 해 봤자 납부금 정도였다.

"오후 4시부터 다음 날 새벽 1시까지 시급 3,000원씩 받고 일했는데, 정말 힘들 때는 다른 친구들보다 먼저 사회에 나가야 하기 때문에 미리 실습하는 거라고 생각했어요. 머리로 안 되는 일은 몸으로 대신 때워야 한다는 사장님의 교훈도 있었고요."

그러나 학교로 돌아오면 스산한 가을처럼 말수가 줄었다. 중학교 때 사귄 친구들 대부분이 일반고로 진학해 버려 교정마저 썰렁했다. 나는 왜 친구들이 더 많이 모인 그쪽으로 따라가지 못한 걸까? 텅 빈 교정에 혼자뿐인 자신을 발견할 때면 준혁 씨는 인문계고와 실업계고로 나뉘는 세상이 원망스럽기도 했다.

잠시 마음의 방황을 접고 제자리를 찾은 건 1학년 2학기 때였다. 기말고사에서 평균 83점을 받아 1위를 차지한 준혁 씨는 세상이 참 희한타 싶었다.

"그 점수로 반에서 1등을 했으니 얼마나 우스꽝스러운 일입니까. 얕잡아 보는 것이 아니라, 우리나라 실업계고의 현실이 그렇다는 거예요. 중학교 때와 비교하면 어림없는 점수인데도 공고에서는 1등을 차지할 수 있었으니까요.”

잠시도 틈을 주지 않는 가운데 준혁 씨의 독주 체제가 이어지자 예의 성현 씨의 반응이 날카로웠다. 두 시간 넘게 지켜본 바에 의하면 성현 씨는 이렇듯 성적과 관련한 이야기가 나오면 신경이 극도로 예민해졌다.

“너, 커닝했제? 커닝을 하지 않고는 죽었다 깨나도 83점이 나올 수 없다. 한번 생각해 봐라. 중학교 3년을 내리 바닥에서 놀던 놈이 무슨 수로 1등을 한단 말이가!”

“속고만 살았나. 나도 그 점수 받고 나서 얼마나 놀랐는데. 야, 이거 별것 아니네. 놀면서 해도 되잖아. 이런 생각까지 했다니까. 그리고 내가 잠시 한눈을 팔아서 그렇지 남들처럼 아이큐는 된다 아이가. 까놓고 중학교 때 결석만 덜했으면 중상위권 점령은 얼마든지 가능했다.”

졸지에 정상에 오른 준혁 씨는 하루에도 몇 번씩 ‘모범생’을 되씹어 보았다. 처음엔 좀 낯설고 어리둥절했지만 반 친구들이 달아 준 훈장이어서 그런지 세상에서 가장 큰 선물을 받은 기분이었다. 하지만 어깨에 힘을 주는 것도 하루이틀. 일등은 아무나 하는 게 아니었다. 시간이 지나면 지날수록 모범생이라는 상표가 짐이 되었다. 어떤 날은 몸에 착 달라붙는 치마를 입었을 때처럼 갑갑해 미칠 것 같았다.

순환 실습에서 선택과목 실습으로 이어지는 2학년에 오르자 학교는 요지경 속으로 빠져들었다. 10명 중 대학 진학 희망자만 8명, 취업 희망자는 고작 2명에 불과했다.

“어느 날 갑자기 학교가 텅 비니까 누군가에게 속았다는 생각이 들었어요. 이럴 거면 공고(실업계고)를 왜 만들었죠?”

이미 지나온 길인데도 부아가 치미는지 준혁 씨가 벌컥벌컥 찬물을 들이켰다.

“입학할 때만 해도 공평하다 여겼던 학교가 2학년에 오르면서 8대 2로 다시 갈리고 말았으니 그 배신감이 어땠겠습니까. 중학교 졸업을 앞두고 겪은 인문계고 진학과 실업계고 진학 선택이 부모님을 향한 원망에서 그쳤다면 실업고에서 겪은 차별은 절망적이었죠.”

자고 나면 자꾸만 초라해지는 자신을 더 이상 견딜 수 없어 준혁 씨는 모범생이라는 허울을 내동댕이쳤다. 이를 악문 채 아르바이트와 수업을 번갈아 오갔지만 그 결과 또한 참담했다. 10명에서 8명이 빠져나간 학교는 이미 제 기능을 상실한 뒤였다.

컴퓨터 응용에서 도면 단계인 캐드(auto cad)를 배우는 시간이었다. 벌써부터 마음은 콩밭에 가 있었다. 중학교 때처럼 준혁 씨는 다시 게임에 빠져들었다.

“학교를 그만둘까? 2학년 내내 그 생각만 하고 지냈어요.”

실습을 하면 세상이 보인다

고등학교 시절에 대해 성현 씨는 준혁 씨와 대동소이하다면서도 엉

금영금 말을 이어 갔다.

"중학교 때 분위기가 아기자기했다면 고등학교는 좀 험악한 편이었어요. 특히 제가 다녔던 정보고는 면소재지에 있어, 이 지역 저 지역에서 모인 학생들 때문에 무슨 시설 같았지요."

그걸 단숨에 방패로 삼을 수 있었던 건 바로 덩치였다. 그 무렵 준혁 씨가 모범생으로 자신의 구역을 넓혀 가고 있을 때 성현 씨는 키 180센티미터에 몸무게 80킬로그램을 무기로 내세워 무소처럼 밀고 나갔다. 덕분에 경계는 무너졌고, 세상 또한 공평해 보였다. 중학교 때와 비교해 성적은 특별히 나아진 게 없지만 대신 보폭이 자유로웠다.

"준혁이가 고 2를 고달프게 보냈다면 저는 대체로 만족한 편이었어요. 지긋지긋한 교과서에서 벗어나자 세상 귀퉁이가 보이는 것 같았죠."

그 중심에는 어머니가 있었다. 어머니와 함께 장을 보면 장바구니에 담을 때의 마음과 그걸 계산할 때의 마음이 서로 엇갈렸다. 어머니의 말대로 나중에 결혼을 하려면 두 사람이 생활할 집이 있어야 할 것이고(지출), 그러기 위해서는 얼마간의 목돈이 필요해 보였다(수입).

"저는 학교 공부보다 엄마와 장을 볼 때 더 큰 공부를 했던 것 같아요. 지난주 물가와 비교해 이번 주 물가가 눈에 띄게 오른 걸 보면서 이런 주문을 외곤 했거든요. 그래 돈을 벌자. 많든 적든 돈을 벌어서 부지런히 저축하자. 어차피 나는 대학에 진학 못할 것이고 그렇다면 남들보다 일찍 뭔가를 준비해야 한다."

열여덟 살에 본 세상은 그처럼 희망과 불안이 뒤섞여 있었다. 어제이어 오늘도 언론에서는 청년실업자 문제를 보도했다. 대학을 졸업한 실업자 수만도 40만이라고 했다. 순간 성현 씨는 은근히 겁이 났다. 내 미래는 과연 어떻게 될까? 공고를 졸업해 제대로 된 밥을 벌어먹을 수 있을지, 그 점이 걱정이었다.

3학년이 된 성현 씨는 취업담당 교사의 권유로 제과제빵 회사에 입사했다. 역시 세상은 호락호락하지 않았다. 근무 중에 한눈을 팔았다간 다음 라인에서 일하는 동료에게 욕을 얻어먹기 일쑤였다. 잠깐 화장실에 다녀오는 것조차 눈치가 보였다.

"다 구워진 빵을 오븐에서 꺼낼 적엔 땀으로 목욕을 하는 것 같았어요. 하루는 화상을 입은 적도 있었고요."

작업반장에게 양해를 구한 뒤 성현 씨는 가방을 챙겼다. 순간, 눈물이 핑 돌았다. 남들처럼 끝까지 버티지 못한 자신이 부끄러웠고 특히 어머니를 볼 면목이 없었다.

집에서 며칠 쉰 성현 씨는 편의점으로 향했다. 2주 만에 그만둔 제과제빵에 비하면 편의점 일은 누워서 떡 먹기였다. 그러나 급여가 신통치 않았다. 하루 꼬박 8시간을 일한 급여를 받아 보면 손바닥에 동전 몇 푼이 쥐여진 기분이었다. 보다 못한 어머니가 하루는 부득불 앞장을 섰다. 두 해 전 화인에서 식당 일을 한 적 있는 어머니는 아들의 등을 그곳으로 떠밀었다.

그 무렵 준혁 씨는 이미 화인에 입사한 뒤였다. 하지만 그의 갈등은 그쳤다 다시 내리는 비처럼 아직 장마전선을 벗어나지 못한 채였다. 대학 진학은 상위권 성적이 받쳐 주었고, 취업은 정부와 중소기업, 학교가 추진하는 산업보호차원 프로그램을 통해 예절교육 과정까지 마친 터여서 최종 선택만 남아 있었다. 한 발 더 나아가 그는 입사한 화인에서 가장 필요로 하는 CNC 선반(Computerized Numerical Control, 가공할 치수를 컴퓨터 프로그램에 입력하면 기계가 자동으로 가공하는 컴퓨터 수치 제어) 자격증까지 취득한 상태였다.

"저희 집 형편을 잘 알면서도 수능시험을 준비했던 건 꿈과 도전 때문이었어요. 어쩌면 고등학교가 제 인생에서 마지막이 될지도 모른다는 심정. 대학을 가든 못 가든 나 자신과 한번 꼭 싸워 보고 싶었죠."

반면 준혁 씨보다 4개월 늦게 입사한 성현 씨는 이제야 비로소 제자리를 찾은 듯했다. 100여 명이 일하는 화인은 무엇보다 작업장 분위기가 마음에 들었다. 직원 전체가 형과 아우로 통했다.

"화인에 입사하고 얼마 안 되었을 때예요. 순전히 제 실수로 오착을 일으켰는데도 같은 부서에서 일하는 고참이 다가오더니 오히려 제 등을 도닥거려 줬습니다."

사람 하나가 능히 저 산을 품을 거라 했던가. 당시의 감정이 되살아나는지 성현 씨는 그만 눈시울을 붉히고 말았다.

지금 우리는 군복무 중

두 사람 사이가 서로 가까워진 건 청춘들의 천적인 여드름 때문이었다. 급여 150~170만 원(수당 포함)을 받으면 화장품부터 구입하는

"그래 돈을 벌자. 많든 적든 돈을 벌어서 부지런히 저축하자.
어차피 나는 대학에 진학 못할 것이고 그렇다면 남들보다
일찍 뭔가를 준비해야 한다."

데, 여드름이 잘 잡힌다는 화장품을 소개해 준 사람은 준혁 씨였다. 그런데 값이 만만치 않았다. 한 달 사용 가격만 10만 원이라고 했다.

"줄곧 3만 원짜리만 바르다 10만 원이라고 하니까 속이 좀 쓰리긴 했어요. 그렇다고 거기까지 가서 그냥 온다는 것도 우스운 일 아닙니까."

그날 성현 씨가 거금 앞에 무릎을 꿇은 건 두 가지 이유에서였다. 먼저는 이 덩치에 쪽팔리기 싫었고, 두 번째는 고생하며 번 돈이긴 하지만 얼굴에 그걸 티 내고 싶지 않았다. 그렇다면 묻지 않을 수 없었다. 고가 화장품의 효과에 대해.

"화장품 가게에서 일하는 누나 말대로 한 달을 썼더니 얼굴이 억수로 좋아졌어요. 약속대로 6개월이 지나자 가격도 12퍼센트 할인되었고요."

그사이 브이아이피 고객이 되었다며 어깨에 힘을 주는 두 사람의 얼굴부터 찬찬히 살폈다. 그동안 쏟아부은 '돈발' 때문인지 준혁 씨 얼굴은 윤기가 흘렀지만 성현 씨는 아직 일러 보였다. 얼굴 곳곳에 여드름이 잠복한 상태였다.

입사 2년째인 준혁 씨는 2012년 1월부터 방위산업체 특례병으로 근무하고 있다. 머리가 짧은 것도 그 때문이다. 논산훈련소에서 짧은 군사훈련을 마친 그는 회사로 복귀했다. 성현 씨도 얼마 전 특례병 통보를 받았다. 머잖아 4주 군사훈련을 마치고 돌아오면 2년 2개월 동안 대체복무가 시작되는데, 그는 요즘 마음을 굳히는 중이라고 했다.

"논산훈련소로 떠난 준혁이가 4주 만에 회사로 다시 복귀한 날이었죠. 그날 속으로 얼마나 부러웠는지 모릅니다. 만에 하나 재수 옴 붙은 날엔 군대로 끌려갈 수도 있잖습니까. 일이 그렇게 되면 제 꿈과 미래가 엉망진창이 될 수밖에 없고요."

특례병 통보를 받기 전이었다. 한 직장에서 꾸준히 일하는 게 자신의 꿈이었던 성현 씨는 일손이 잡히지 않았다. 시간상으로 보면 2년에 불과하지만 그 공백(군복무)이 20년처럼 느껴졌다.

"성현이 마음을 충분히 이해할 수 있어요. 저도 그때 같은 심정이었으니까요. 다만 한 가지 불안한 점은 물가와 월급이 따로따로 놀아 갈수록 회의를 느낄 때가 많아진다는 겁니다."

"그건 준혁이 말이 맞아요. 요즘 물가, 장난이 아닙니다. 하루 12시간씩 일해 돈을 버는데도 별로 쓸 게 없어요."

"저는 군에서 휴가 나온 동창들이 밥 사라고 할 때, 그때가 제일 겁나요. 지난해까지만 하더라도 셋이서 3만 원이면 뒤집어썼는데 요즘은 그 배를 써도 쓴 것 같지가 않거든요."

이제 갓 성년이 된 두 청년이 이렇듯 고공행진을 거듭하는 물가에 대해 이야기를 쏟아 내자 자꾸만 뒤통수가 가려웠다. 하루 12시간씩 일하고도 먹고살기가 벅차다면 필시 그건 비정상적인 나라가 아닌가. 혹시라도 두 청년이 그로 인해 희망을 놓아 버릴까 봐 걱정되었다.

헤어질 무렵 두 사람에게 각자의 장단점을 물었다. 입사 선배인 준혁 씨가 먼저 입을 열었다.

"감성이 풍부해서 그런지 성현이는 어쩔 때 보면 조금 산만한 편이에요. 대신 성격 하나는 끝내주죠. 직장동료와 어른들에게 인사 잘하죠(그것도 90도로), 상대방을 즐겁게 만드는 굉장히 좋은 무기도 가지고 있죠. 저 덩치에 손까지 치켜들어 인사를 하면 회사 분위기가 금세 밝아진다니까요."

"솔직히 입사 초기 때만 해도 준혁이는 접근하기가 엄청 어려운 친구였어요. 보기에도 좀 꼬장꼬장하게 생겼잖습니까. 그런데 어느 날 이야기를 나눠 보니까 생긴 것과 영 딴판이었어요. 절친(친한 사람)과 안친(그렇지 않은 사람)을 가려서 그렇지 한번 친해지면 더 이상 뒤끝은 없어요."

성현 씨는 어머니가 있는 집으로, 준혁 씨는 동료들이 기다리는 회사 기숙사로 돌아간 뒤였다. 문득 이 노래를 부를 때면 눈가에 이슬이 맺힌다는 성현 씨의 애창곡이 떠올랐다. 그중에서도 중간 부분이 가슴을 울렸다.

나 후회 없이 살아가기 위해
너를 붙잡아야 할 테지만
내 거친 생각과 불안한 눈빛과
그걸 지켜보는 너
그건 아마도 전쟁 같은 사랑
난 위험하니까 사랑하니까

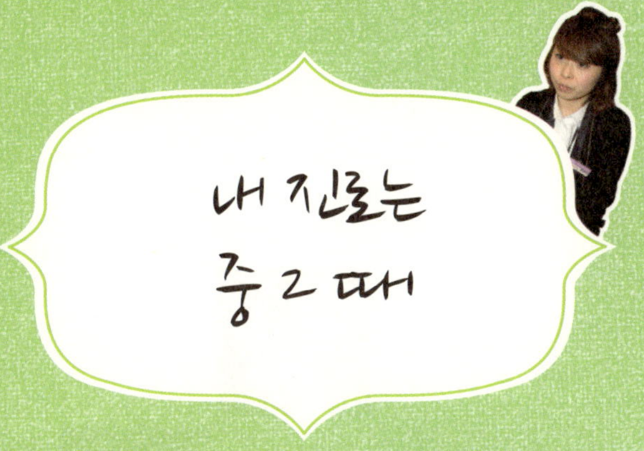

아빠, 일어나세요 | 헤어, 나만의 스타일 | 은상과 홍보팀장 | 내 꿈은 헤어디자이너 | 올 가을엔 꼭

　　2층에서 4층으로 이어지는 200평 면적의 '화미주(花美州)'는 드라마 속 궁궐 같았다. 2011년 8월 부산미용고등학교 실습생으로 입사한 권현미 씨는 그곳에서 파트너로 일하는 중이었다.

아빠, 일어나세요

　　미용에 끌린 건 초등학교 4학년 무렵이었다. 누군가의 머리칼을 만지고 있으면 색종이로 학, 비행기, 배를 접었을 때처럼 머리칼에서도 짠! 흥겨운 마술이 펼쳐졌다.

"엄마를 달달 조른 끝에 미용학원을 찾아갔더니 글쎄 학원비가 너무 비싼 거 있죠. 우리 집 형편으로는 도저히……."

차선책으로 현미 씨는 엄마를 따라 집에서 멀지 않은 복지회관을 찾았다. '무료'라는 두 글자를 보는 순간 야호! 산꼭대기에 오른 기분이었다. 덤으로 얻은 건 그뿐만이 아니었다. 아줌마들 틈에 끼어 지내다 보니 눈치가 재발라졌다. 저 뚱땡이 아줌마 말은 한 귀로 듣고 한 귀로 흘려 버리되, 야실이 아줌마 말은 잘 간직해 뒀다 다음에 남자 친구가 생기면 한 번쯤 써먹을 필요가 있었다. 일주일에 두 번 문을 여는 미용학원은 이처럼 미리미리 익혀 둘 게 한두 가지가 아니었다.

남매를 둔 현미 씨 집은 그렇게 넉넉한 형편은 아니다. 아버지는 일

용직 건설현장 노동자로, 어머니는 반찬가게에서 일하고 있다.

"엄마가 요리를 참 잘하세요. 30분도 안 되어 밥상에 서너 가지 반찬을 만들어 올리는 걸 보면서 하루는 이런 생각을 했어요. 나도 다음에 엄마처럼 이 손으로 멋을 만들어 내는 미용사가 될 거라고요."

그냥저냥 살아가는 현미 씨의 집에 위기가 닥친 건 2008년 가을이었다. 퇴근길에 교통사고를 당한 아버지의 상태는 절망적이었다. 의사마저 고개를 내젓는 터라 중환자실에서 일반병실로 옮기는 일은 꿈조차 꿀 수 없었다. 하루하루가 다급한 현미 씨는 교회를 찾아갔다. 이제 아버지를 살릴 수 있는 길은 기도밖에 없다는 생각이 들었다.

"저에게 아빠는 세상에서 가장 따뜻한 분이세요. 엄마가 꼬치꼬치 캐묻고 따지는 편이라면 아빠는 늘 귀만 열어 놓고 계셨죠."

현미 씨 아버지의 의식이 돌아온 건 병원으로 실려 온 지 꼭 열하루 만이었다. 학교 수업을 마치기 바쁘게 병원으로 달려간 현미 씨는 아버지 곁을 떠나지 않았다. 병원에 있는 시간보다 학교에 있는 시간이 더 불안했다.

"말했듯이 그때 아빠의 상태는 너무나 절망적이었어요. 담당 의사마저 앞으로 좋아질 거라는 말은 전혀 안 했으니까요."

교통사고가 나기 며칠 전이었다. 아버지의 귀가가 늦어 전화를 걸었더니 벌써 발음이 이상했다. 학교에서 돌아온 현미 씨는 교복을 입은 채 아버지가 있는 곳으로 부리나케 뛰어갔다. 짐작대로 아버지는 현장에서 일하는 아저씨들과 함께 술을 마시고 있었다. 화가 난 현미 씨는 아저씨들에게 양해를 구한 뒤 아버지를 불끈 일으켜 세웠다.

"술에 의지해 살아가는 사람들을 보면 마구 때려 주고 싶었어요. 가난해도 좋으니 남들보다 한 번 더 웃을 수 있는 가정, 저는 그런 아빠를 원했죠."

물론 현미 씨로서는 나름 믿는 구석이 있긴 있었다. 엄마가 잔소리를 하면 두 귀를 방문 고리처럼 닫아걸었다가도 아빠가 부르면 얼굴빛이 곧 환해지곤 했다.

"저와 혈액형이 같은 아빠를 예전보다 더 많이 알았다고 생각한 건 어느 날 새벽이었어요. 오줌이 마려 잠을 깼다가 출근하는 아빠를 보았는데, 그때 시간이 새벽 5시였거든요. 아무튼 그날 하루는 수업 시간 내내 아빠 생각만 했죠."

그런가 하면 아버지는 떠돌이별이었다. 부산에 일감이 없으면 창원, 진주, 마산 등지를 떠돌아다녔다. 사정이 그렇다 보니 일주일에 한 번 아버지의 얼굴을 보는 건 괜찮은 편이고 보름을 훌쩍 넘긴 적도 많았다.

아버지의 입원이 갈수록 길어지자 당장 생활이 걱정이었다. 팔을 걷어붙인 사람은 현미 씨 어머니였다. 염치없는 짓인 줄 잘 알면서도 그는 한 푼이라도 더 받기 위해 반찬가게에서 은행 청소부로 자리를 옮겼다. 한창때인 남매를 공부시키려면 그 방법밖에 없었다.

"다행히 1년 만에 퇴원은 했지만, 기억을 되찾는 데까지 꼬박 2년이 걸렸어요. 도마는 알아보시는데 그걸 어디에 사용하는지는 몰라요. 사물의 활용도까지 알아보는 데는 시간이 더 필요해 보였습니다."

그런 아버지의 기억을 되살려 놓은 건 뜻밖에도 노래였다. 사고 전

즐겨 들은 송대관, 태진아의 노래를 들려주자 회복 속도가 몰라보게 빨라졌다.

헤어, 나만의 스타일

현미 씨 어머니의 손재주는 음식을 필두로 제과제빵, 수지침, 재봉틀 등 못하는 게 없을 정도로 다재다능했다. 이 모든 게 복지회관을 학교처럼 쫓아다닌 결과였다. 짧게는 한 달, 길게는 6개월 간격으로 무료강습이 열리는데, 그것이 무엇이든 기회가 주어졌을 때 배워 두면 나중에 다 써먹게 돼 있다는 게 현미 씨 어머니의 생각이었다.

"우리 엄마 손재주가 어느 정도였냐면요, 그러니까 초등학교 3학년 때였습니다. 엄마가 직접 만든 한복을 입고 밖에 나갔더니 동네 친구들이 벌떼처럼 우르르 몰려들지 않겠어요."

그런 엄마와 함께 미용고등학교를 찾아 나선 건 중학교 3학년 여름방학 때였다. 부암동에 미용만 전문으로 하는 고등학교가 있다는 말을 들은 현미 씨는 당최 좀이 쑤셔 가만있을 수가 없었다. 지은 지 얼마 안 되어 보이는 학교 건물은 생각보다 산뜻했다.

"방학 기간이라 실내까지는 보지 못했지만 어느 정도 마음을 정했던 건 사실이에요. 머잖아 입학할 학교를 견학 온 기분이었다고 할까요."

그러나 공교롭게도 학교를 다녀온 이후 이런저런 말들이 많았다. 정작 부모님은 딸의 진로에 대해 별다른 말이 없건만 주위 분들이 나서서 호들갑을 떨었다.

"나이만 먹었다 뿐이지 그 안을 보면 실망 자체였어요. 왜 어른들은 인문(계)고에 진학하면 당연한 것처럼 여기면서 실업(계)고에 진학하면 색안경을 끼고 보는 거죠. 미용고를 다녀온 후 그분들한테 문제아 취급을 받는 것 같아 너무 속상했어요."

그들의 입에서는 주로 이런 말들이 흘러나왔다. 여자가 미용사를 한다면 볼 장 다 본 거지 뭐. 백수 남편에 기둥서방……. 미용사들 생활이 그렇잖아. 오죽했으면 이런 말까지 나왔을까. 임신 전에 식(결혼)을 올리는 미용사한테는 공짜로 냉장고를 선물한다잖아.

일은 거기서 끝나지 않았다. 아직 중학생 신분인 현미 씨도 모자라 이번에는 어머니까지 끌어들여 입방아를 찧어 댔다. 여자가 너무 손재주가 많으면 평생 고생이야. 그저 여자는 앞으로든 뒤로든 적당한 게 제일이란 말이지.

설상가상으로 그 무렵 현미 씨에게 더 큰 충격을 안겨 준 사람은 다름 아닌 오빠였다. 어디서 주워들었는지 오빠는 미용고등학교 진학은 꿈도 꾸지 말라며 버럭 화부터 냈다.

"전에는 오빠 친구들이 저를 귀엽고 예쁘게 봤는데 미용고를 간다니까 이상한 소리를 늘어놓더랍니다."

어른들 세계에 너무 일찍 발을 들인 게 잘못이었을까. 믿었던 오빠마저 장애물로 여겨지자 현미 씨는 밥도 먹기 싫고 말도 섞기 싫었다.

　"실업고에 진학한 딸이 죄인 취급을 받아야 한다면 그럼 우리 엄마는 어떻게 되죠? 초등학교 때부터 딸의 헤어스타일을 남다르게 만들어 준 분이 바로 우리 엄마였잖아요. 하긴 말의 앞뒤가 좀 이상하긴 하네요. 엄마가 만들어 준 머리를 하고 나가면 친구들은 물론이고 지나가는 어른들까지 제 헤어스타일을 부러운 시선으로 쳐다봤거든요."

　우리가 사는 세상에는 2만여 종의 다양한 직업들이 공존한다고 했던가. 그중에서 어른들의 입에 오르내리는 직업은 겨우 몇 종에 불과하고. 그렇다면, 그거야말로 이기심의 극치가 아닐 수 없었다. 두세 달에 한 번꼴로 파마는 하지만 정작 그 일을 하는 직업은 싫다는 것 아닌가. 내가 하면 로맨스요 네가 하면 불륜인 것처럼.

"이제 이런 이야기는 그만하고 중학교에 입학했을 때 이야기를 잠깐 들려드릴게요."

중학교 입학을 앞두고 친구들이 귀밑 단발로 머리를 자르느라 야단법석이었지만 현미 씨는 미동조차 하지 않았다. 선생님이 지적하면 그때 가서 자를 생각이었다. 그런데 교실에 뜻밖의 일이 벌어지고 말았다. 담임의 지적에 반 친구들이 현미는 자르면 안 된다며 우우 들고 일어난 것이다. 다른 몇몇 교사들도 반 친구들과 같은 입장이었다. 저 앤 좀 특별한 구석이 있으니 한번 지켜보자는 쪽으로 정리가 되었다.

"헤어스타일에 대한 열정이 남달랐던 것만은 사실이에요. 초등학교 6학년 때부터 싸이월드 홈피에 제 손으로 직접 꾸민 머리를 폰으로

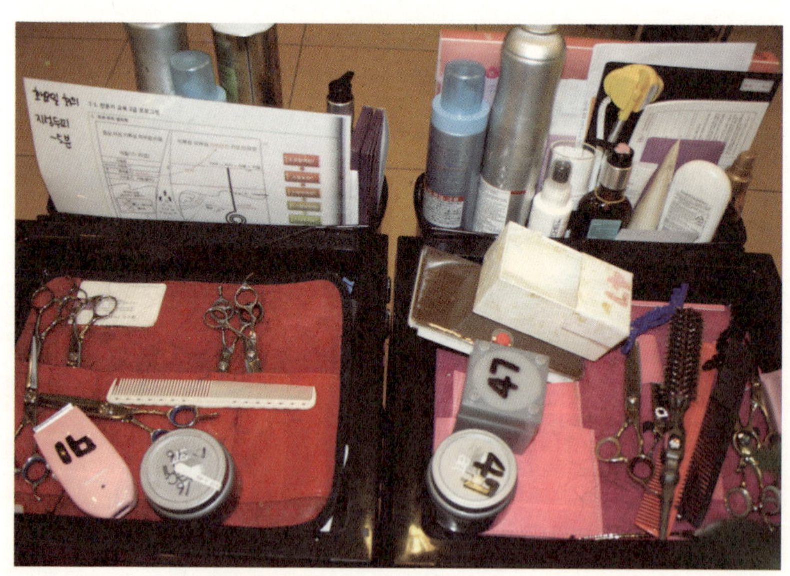

찍어 올렸는데, 하루 조회 수만도 100명이 넘었거든요.”

가까스로 모면한 단발령 대신 거기에 따른 의무도 주어졌다. 하지만 현미 씨는 그마저도 기쁠 따름이었다.

“조회시간에 담임선생님께서 앞으로 반 친구들의 머리를 책임지라고 하시지 않겠어요. 바로 그날 친구들이 저를 위해 ‘울미(우리들의 미용사를 줄인 말)’라는 애칭을 선물해 줬죠.”

수학여행을 떠나는 날이었다. 현미 씨는 가방에 제일 먼저 가위와 고데기부터 챙겼다. 헤어디자이너를 꿈꾸는 그에게 반 친구들은 최고의 고객이나 다름없었다. 얼굴이 공갈빵처럼 둥근 친구의 머리는 산뜻하게, 달걀처럼 갸름한 형일 경우에는 약간 바람을 넣은 것처럼 고데를 하면 우와! 여기저기서 감탄사가 터져 나왔다.

“돌아보면 중학교 때가 제일 행복했던 것 같아요. 학년이 바뀌었는데도 머리를 자를 때가 되면 친구들이 저를 찾아왔거든요. 물론 저도 최선을 다했어요. 비록 단발 커트지만 이 친구와 저 친구가 다르게 치려고 나름 고민을 많이 했죠.”

그런 어느 날이었다. 현미 씨는 텔레비전 화면에서 눈을 떼지 못했다. 머릿결이 마치 칠흑 같았다. 매미 날개처럼 쪽진 두 갈래 머리는 눈이 부셨다. 자신의 방으로 뛰어 들어간 그는 가발을 붙들었다. 그러나 처음 해 보는 중국 황궁 머리는 이렇다 할 진척이 없었다. 말았다 풀었다를 거듭한 끝에 가까스로 꼴을 갖춘 건 저녁 10시경이었다.

“엄마 말처럼 병이었는지도 몰라요. 새로운 헤어스타일을 보면 잠을 설치곤 했으니까요. 그날도 꼬박 세 시간을 가발과 씨름한 끝에 중국

황궁 머리를 어설프게나마 만들어 낼 수 있었죠."

중학교 3학년을 대상으로 부산미용고등학교에서 미용체험교실이 열린다는 소식을 전해 들은 현미 씨는 흥분을 감추지 못했다. 하루에도 수십 번씩 머잖아 모교가 될 미용고의 홈페이지를 들락거리는 일이 유일한 낙이었다.

스물셋? 스물다섯? 연예인을 쏙 빼닮은 헤어디자이너를 보는 순간 현미 씨는 몸이 달아올랐다. 미용고를 찾은 학생들의 손과 발, 머리를 헤어디자이너들이 직접 꾸며 줄 때는 덩달아 손놀림이 바빠졌다. 눈으로 본 순서와 기법들을 그때그때 메모해 두지 않으면 나중에 자신의 것이 될 수 없음을 복지회관에서 얻은 경험을 통해 잘 알고 있었다.

"헤어디자이너 언니들의 현란한 손동작도 눈부셨지만, 그보다 먼저 저는 실습실 전경에 매료되고 말았어요. 네 벽이 온통 거울뿐이어서 쿵쿵대는 가슴을 주체할 수 없었다니까요."

세 시간 가까이 진행된 체험교실이 끝나갈 무렵이었다. 현미 씨를 알아보는 사람이 있었다. 뜻밖에도 학교 교사였다. "너, 싸이월드 그 애 맞지?" 순간 현미 씨는 두 다리가 사시나무처럼 떨렸다.

"긴 이야기를 한 건 아니지만, 다른 데 가지 말고 꼭 우리 학교에 와야 한다는 선생님의 그 한마디가 저를 사로잡았던 것 같아요."

선망의 대상이었던 헤어디자이너와 여러 학교에서 초청을 받아 온 학생들 앞에서 그런 일이 벌어져 입장이 좀 난처하긴 했다. 하지만 그 럴수록 현미 씨는 생각을 하나로 좁혔다. 저 정도 시설을 갖춘 실습실 에서라면 앞으로 멋진 꿈을 펼쳐 보일 수 있을 것 같았다.

은상과 홍보팀장

미용고등학교 진학은 탄탄대로나 다름없었다. 커트, 파마, 메이크업, 피부 관리 등 일반 과정에 속하는 수업이 한 몸처럼 느껴졌다.

"1학년 과정은 스스로에게 묻고 답하는 시간이 많았어요. 어떻게 자를까? 어떻게 잘라야 흡족해할까! 어떻게 말까? 어떻게 말아야 내 손을 거쳐 간 얼굴에서 활짝 웃음꽃이 피어날까! 줄곧 이 생각만 했어요."

하지만 그날은 되는 일이 하나도 없었다. 그중 파마가 애를 먹였다. 벌써 말았다 펴기를 세 번째. 집으로 돌아온 현미 씨는 새벽 1시까지 가발을 붙든 채 파마와 씨름을 벌였다.

"그때 처음 알았어요. 지독한 날의 의미가 어떤 건지. 선생님한테 한 방 먹고 새벽 1시까지 몸부림을 쳤는데도 결과는 실패로 끝나고 말았어요."

2학년 과정은 발, 네일(손톱), 두피 관리, 마사지 등 자격증 취득을 위주로 한 수업이 대부분이었다. 그중에서도 일본에서 들어온 컬러염색은 돌연변이 같았다. 우리 눈에 금발로 보이는 염색만도 40종이 넘었다. 이래서 미용을 '머리끝에서 발끝까지'라고 하는 걸까! 미용의 다음 과정인 미용술은 공들여 가꾼 화단 속에서 유독 자태를 뽐내는 우아한 꽃을 보는 것 같았다.

"헤어에 비해 미용술은 흥미로운 점이 많아요. 깊이 들어가면 들어갈수록 한 편의 마술을 보는 것 같았죠."

첫 상을 받은 건 2학년 때였다. 대구산업정보고등학교에서 개최된 전국 고등학생 미용대회에서 현미 씨는 커트 부분 은상을 차지했다.

"커트 부분에서 은상을 받을 수 있었던 데는 졸업한 선배들의 도움이 컸어요. 동아리(커트)를 통해 선배들은 항상 새로운 변화에 맞춘 헤어스타일을 한발 빨리 보여 주곤 했어요."

그날 대회는 커트에 30분의 시간이 주어졌다. 심사위원들은 전국에서 모인 참가자들의 자세와 커트의 형태, 가위질 등을 유심히 지켜보았다. 그런데 너무 긴장을 한 탓일까. 빗과 핀셋을 바닥에 떨어뜨리는 참가자가 있는가 하면, 머리칼에 뿌린 분무기의 물이 흘러내려 감점을 받은 참가자도 있었다.

"사실은 1학년 때 참가하려고 했지만 그때는 형편이 여의치 못했어요. 미용대회에 한 번 나가려면 3주 실습에 가발만 최소 10개를 구입해야 하는데, 저로서는 엄두가 나지 않았습니다. 최대한 싸게 구입한다고 해도 가발 값으로만 30만 원 이상 들어갔거든요."

현미 씨의 말대로 미용에 따른 재료비가 만만치 않았다. 파마는 가발 한 개로 말았다 폈다를 반복할 수 있지만, 커트의 경우는 한 번 사용하고 나면 재활용이 불가능했다.

은상 수상은 현미 씨에게 한 가지 선물을 더 안겨 주었다. 학교를 알릴 홍보팀장으로 발탁된 현미 씨에게 학교 측은 급식비를 면제해 주었다. 통신요금은 나중에 별도로 지급될 거라고 했다.

"홍보팀장으로 발탁되면 우선 중 3 학생들을 찾아가 미용과 관련한 사전지식을 알려 주는 게 순서인데도 저는 일부러 그렇게 하지 않았어요. 미용고와 미용사에 대한 좋지 못한 선입견부터 바로잡고 싶었어요.”

그것은 다름 아닌 미용고 입학을 앞두고 현미 씨 본인이 겪은 상처이기도 했다.

학교를 홍보하고 입학생을 유치하기 위해 현미 씨가 찾아 나선 학교만도 삼십여 곳. 부산을 시작으로 김해, 창원, 마산, 울산, 진해 등지의 중학교를 방문하면서 그는 인맥의 중요성을 다시금 실감할 수 있었다.

“제가 만난 학생만도 300명이 넘었는데요, 그 학생들과 상담을 마친 뒤 연락처를 주고받을 때면 가슴이 찡했어요. 어느 날 갑자기 ‘사람 부자’가 된 기분이었습니다.”

아닌 게 아니라 현미 씨의 홍보활동은 대성공이었다. 300명이 넘는 학생 중에서 체험교실을 찾아온 사람 수만도 170여 명. 그 학생들을 위해 현미 씨는 학교 축제 때 촬영한 동영상을 덤으로 보여 주었다.

“중학교 2학년 무렵이 ‘행복’이었다면 고등학교 2학년은 저의 ‘전성기’가 아니었나 싶어요. 홍보팀장을 맡아 최선을 다했고, 미용실에서 첫 알바까지 했으니까요. 쓸고 닦는 청소일이 대부분이었지만 등 너머로 배운 것도 많았어요. 특히 저는 미용을 다 마친 손님들의 표정을 놓치지 않으려고 나름 애를 썼어요. 미용에서 손님들의 마지막 표정은 굉장히 중요한 포인트라고 할까요.”

조기취업과 자격증 반을 놓고 고민하던 현미 씨는 자격증 반을 택했다. 예상은 빗나가지 않았다. 5월에 시행된 미용시험에서 국가자격증을 취득하자 담임으로부터 콜이 왔다. 하지만 그는 담임의 요구를 받아들일 수 없었다. 담임은 현미 씨를 위해 서울을 추천했지만 정작 본인은 부산에 남고 싶었다. 얼마 전 입대한 오빠의 빈자리도 컸다. 자신마저 부산을 떠나고 나면 집이 썰렁할 것 같았다.

현미 씨가 반색을 한 건 그로부터 서너 달 지나서였다. 서울을 지망했던 친구들이 하나둘씩 부산으로 다시 돌아오고 있었다.

"수도권 텃세보다는 페이가 문제였던 것 같아요. 규모가 큰 미용실일수록 팁과 수당으로 페이가 결정되는데, 방세에 식비까지 주고 나면 사정이 빤한 것 아닐까요. 하나같이 이런 말을 했거든요. 돈을 모으기는커녕 하루살이처럼 살아야 했다고요."

내 꿈은 헤어디자이너

담임의 추천으로 화미주에 도착한 현미 씨는 그만 입을 다물지 못했다. 밖에서 볼 때는 몰랐지만 실내로 들어오니 전혀 다른 세계인 것 같았다.

"압도당했다는 말이 더 정확할 거예요. 우아한 유럽풍 건물에서 일하는 헤어디자이너들을 보는 순간 제 두 발이 자석처럼 달라붙고 말았으니까요. 자취방에서 3년을 지내다 새집을 사 이사한 기분이었어요."

그날 면접에 응시한 사람은 두 명뿐이었다. 그렇지만 현미 씨는 아무 생각도 나지 않았다.

"삼십 대 후반의 면접관이 미용과 관련한 내용을 묻고 있는데도 저는 한눈파는 아이처럼 자꾸 이 생각만 들었어요. 아, 여기서 모든 게 끝났다는!"

면접을 마치고 건물 밖으로 나왔을 때다. 함께 면접을 본 여고생이 다른 미용실을 알아봐야 하는 것 아니냐며 현미 씨의 팔을 슬그머니 붙들었다. 그제야 정신을 차린 현미 씨는 실성한 사람처럼 한바탕 웃고 말았다. 학교에서 최고의 전성기까지 누린 내가 이 꼴이 대체 무엇이란 말인가!

"아무튼 그날 하루는 전신마취 주사를 맞은 기분이었어요. 시골에서 막 올라온 촌뜨기의 모습을 지울 수가 없었고요."

면접시험을 제대로 봤다면 손꼽아 발표 날을 기다렸을 테지만 오히려 마음은 홀가분했다. 그리고 다음에 또 기회가 주어진다면 그때는 규모가 중간쯤 되는 미용실에서 그동안 갈고닦은 실력을 맘껏 발휘해 보고 싶었다.

"다음 주 수요일부터 출근하라는 전화를 받긴 받았는데 제대로 대답조차 하지 못했어요. 그만큼 화미주는 저한테 두려운 곳이었죠."

통화를 마친 현미 씨는 새장에 갇힌 한 마리 새를 떠올렸다. 벌써 며칠째 대궐 같은 화미주의 실내가 머릿속에서 떠나질 않았다. 그런가 하면 첫 출근 때는 입안이 바싹바싹 타들어 갔다. 어디에 서 있어야 좋을지, 100여 명이 넘는 직원 중에 누구를 찾아가 인사를 건네야 하는지, 이 모든 게 수렁처럼 느껴졌다.

"출근 첫날 제 몸무게를 쟀다면 아마 사오 킬로그램은 줄었을 거예요. 얼마나 긴장을 했던지 점심 때 밥을 먹을 수도 없었어요."

갓 입학한 초등학생 시절로 돌아간 현미 씨는 눈치껏 헤어디자이너의 지시에 따랐다. 파마 도중 헤어디자이너가 빗을 달라 하면 빗을 주고, 고무줄을 달라 하면 고무줄을 내밀었다. 그런데 갑자기 헤어디자이너가 호통을 쳤다.

"파마를 시작하기 전 파트너(견습생)는 롤, 타월, 티슈, 고무장갑, 고무줄, 비닐캡, 가위, 빗, 중화제 등 파마에 필요한 도구와 재료부터 꼼꼼히 챙겨야 하는데, 글쎄 비닐캡을 빠뜨렸지 뭐예요."

처음 한 달은 실수의 연속이었다. 나름대로 꼼꼼히 챙긴다고 챙겼는데도 헤어디자이너가 손을 내밀었을 땐 이미 기차가 떠난 뒤였다.

커트 또한 예외일 수 없었다. 그동안 사용한 실습용 가발과 달리 손님의 머리칼은 한 치의 실수도 용납되지 않았다. 그만큼 인간의 신체에서 머리칼은 생각보다 예민한 부위에 속했다. 뿐만 아니라 머리는 그 시대의 유행을 선도한 파수꾼 노릇을 하기도 했다. 머쉬룸, 리젠트, 블록, 레자, 보브, 댄디, 울프, 레이어 등등 커트의 종류를 익히는 것만으로도 머리에 쥐가 날 지경이었다.

미용고 재학 중일 때 국가자격증(미용사)을 취득한 현미 씨는 현재 승격시험(헤어디자이너)을 밟는 중이다. 이 과정을 마치려면 적어도 파트너로 20개월을 근무해야 하는데, 승격시험 기회는 한 해 두 차례 주어진다.

"국가자격 시험과 다르게 승격시험은 매우 엄격하고 까다롭기로 소문이 자자해요. 어시(필기·파마)와 주니어(염색파마)를 마치면 마지막 관문인 스타일리스트(염색·파마·드라이·커트)가 기다리고 있는데, 얼마 전 팔부능선을 통과한 제 입장에서 보면 커트 분야가 제일 힘들었어요. 커트에 왕도가 없다는 말을 비로소 실감했으니까요."

물론 헤어디자이너의 첫 번째 조건은 기술이다. 그렇지만 여기에 페이가 함수로 작용하면 사정은 달라질 수도 있다. 헤어디자이너는 급여제가 아닌 두당제(頭當制)이기 때문이다. 그러니까 제아무리 훌륭한 기술을 갖췄다 하더라도 나름 고객을 확보하지 못할 경우엔 본인이 원한 성과를 거둘 수 없다. 하여 헤어디자이너가 되려면 우선 미용기술과 함께 손님을 대하는 예절, 그리고 소통의 기술을 최대한 빨리 익혀야 한다.

"실제로 그런 경우를 직접 본 적 있어요. 장안에 소문이 자자할 정도로 미용기술 하나만큼은 손색이 없는데도 가져가는 페이를 보면 형편없었죠. 반대로 기술은 좀 밀리지만 고객과의 소통에서 원만한 관계를 유지하는 헤어디자이너는 그보다 훨씬 더 높은 페이를 가져갔어요."

"현미 씨 생각은 어떠세요, 굉장히 냉정한 게임 같은데."

"슬픈 건 사실이지만 그렇다고 뾰족한 방법이 있는 것도 아니잖아요. 저는 기술과 서비스, 두 마리 토끼를 다 잡을 생각이에요."

올 가을엔 꼭

여기까지 얘기를 나눈 뒤 자리에서 막 일어서던 참이었다. 현미 씨의 뒷모습을 보는 순간 떠오른 사람이 있었다. 미용에 필요한 도구와 재료를 담은 보조가방을 허리에 찬 모습이 오래전 목수를 보는 것 같았다.

현미 씨를 다시 만난 건 퇴근 무렵이었다. 정말 좋아하는 사람들은 오늘 우리처럼 하루에 두 번씩 만난다는 농담을 주고받으며 인근 식당으로 향했다.

"근무시간이 꽤 긴 편이네요."

"그렇죠? 한 달에 네 번 쉬는데도 늘 잠이 부족해요. 어떤 날은 퇴근해서 보면 발이 퉁퉁 부어 있을 때도 있고요. 그거 아세요. 미용사들은 신발을 살 때 돈을 아끼지 않아요. 하루 10시간 이상 서서 일하기 때문에 제일 편하고 비싼 신발을 고르죠."

"아까 물어보려다 놓쳤는데, 현미 씨는 손님들과 어떻게 소통을 하나요?"

"저는 가장 손쉬운 쪽을 택하는 편이에요. 미용실에 비치된 여성잡지가 그중 하나이기도 하고요. 손님들에게 괜히 무겁고 칙칙한 이야기 꺼냈다가는 오히려 반감을 살 수 있거든요."

문제는 연령대다. 초등학교 때부터 이미 복지회관을 드나든 탓에 40대 이상은 별 어려움이 없지만 미혼여성과 말을 섞는 일은 생각처럼 쉽지 않았다. 그중에서도 특히 대학생은 되도록 피하고픈 손님이기

도 하다.

"남녀 커플이면 은근히 부럽기도 하지만 여대생들이 떼 지어 찾아오면 솔직히 화부터 나요. 따끔하게 한마디 쏴 주고 싶은 거 있죠. 저 역시 같은 또래지만 요즘 대학생들, 너무 겁 없이 돈을 쓰는 것 같아요. 제가 일하는 곳은 미용 요금이 장난 아니란 말예요."

겁 없이 돈을 쓰는 여대생들에게 정말 화가 난 것일까. 음료로 목을 축이는 현미 씨의 손이 파르르 파문을 일으켰다.

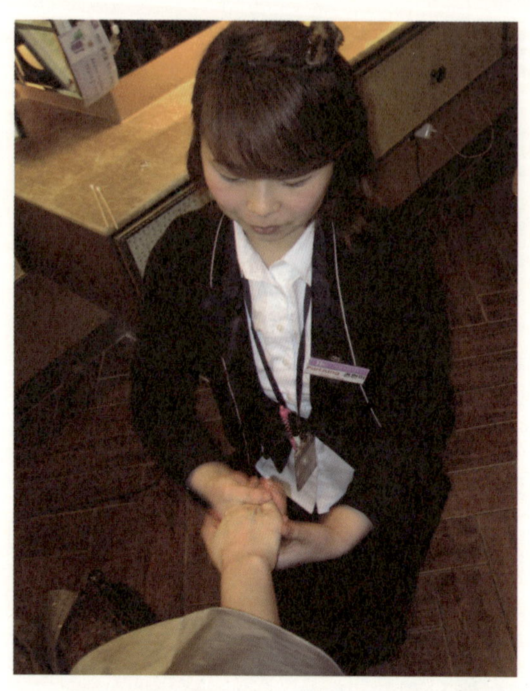

이야기가 다시 염색 분야로 돌아온 것은 십여 분 남짓 지나서였다. 다시 음료로 목을 축인 현미 씨는 책의 첫 페이지을 읽는 사람처럼 차분히 가라앉아 있었다. 조금 전의 상기된 목소리는 찾아볼 수 없었다.

"미용에서 염색은 제가 가장 관심을 갖고 있는 분야예요. 출퇴근 때 그 근성이 고스란히 나타나요. 저는 대중교통을 이용할 때마다 코로 먼저 사람들을 탐색하는 편인데, 제 코끝을 자극하는 냄새를 통해 사용하는 샴푸와 미용 제품을 금방 알아낼 수 있어요."

그런가 하면 현미 씨는 버스나 지하철에서 혼자만의 모노드라마를 즐기기도 한다. 사십 대 남성의 얼굴형과 파마가 엇박자를 냈을 때, 그리고 뽀얀 피부를 가진 여성의 헤어컬러가 너무 자극적일 때 그는 그들에게 맞는 형을 찾아내느라 정차할 곳을 지나친 적도 있었다.

"헤어스타일만 보고도 그 사람의 성격을 어느 정도 알아낼 수 있어요. 그만큼 머리는 그 사람의 안과 밖을 동시에 볼 수 있는, 카메라로 치면 렌즈와 같아요."

이처럼 주메뉴보다 주변 메뉴에 눈길이 먼저 간 건 화미주에 입사한 지 두 달째로 접어들 무렵이었다. 참고로 주메뉴는 영양가 면에서는 풍부할지 모르나 곁가지로 나오는 반찬이 빈약하다는 점에서 별로 도움이 되지 않았다. 30분이면 가능한 커트에 비해 파마 손님은 적어도 2시간 이상을 함께 보내야 하는데, 헤어디자이너를 돕는 파트너의 소임은 바로 지금부터라 할 수 있다. 헤어디자이너가 공들여 발휘한 기술을 파트너가 잘 마무리해야만 공동의 결실을 맛볼 수 있기 때문이다.

"헤어디자이너와 파트너는 한 배를 탄 운명이라고 할 수 있어요. 그 예로 헤어디자이너와 파트너 중에서 어느 한쪽이 예기치 못한 일로 손님에게 불편을 끼쳤을 때, 그걸 다시 본래대로 되돌려 놓을 줄 알아야 진정한 콤비라고 할 수 있거든요. 그리고 이 점은 헤어디자이너보다는 파트너가 해야 할 공부 중 하나이기도 해요."

방금 현미 씨가 주메뉴보다 주변 메뉴를 더 좋아한다고 했던 것도 바로 그 점 때문이다. 하루 평균 20명이 넘는 각양각색의 사람들을 상대하다 보니 주메뉴만으로는 도저히 풍성한 인적관계를 유지할 수 없었다.

여성에게 미용은 자신의 심리 상태를 나타내는 바로미터라 했던가. 영화나 드라마를 봐도 알 수 있듯이 여성들은 자신의 신상에 무슨 일이 생기면 제일 먼저 머리에 변화를 주곤 한다. 그러니까 미용실은 여성들에게 단순히 머리를 자르고 파마를 하는 공간만은 아니다. 현재 자신에게 불어닥친 크고 작은 내면의 변화들을 미용을 통해 드러내려는 심리 상태가 적잖이 깔려 있다. 입사 2년째인 현미 씨도 미용실을 찾는 여성들에게서 바로 그 점을 엿볼 수 있었다.

노동 시간에 비하면 현미 씨의 급여(100만 원)는 형편없었다. 그런데도 그는 오히려 이 점에 대해 반론을 제기했다.

"국가자격증만 취득하면 당장 내일이라도 미용사로 취직할 수 있지만 그보다 저는 제가 꿈꿔 온 헤어디자이너의 길을 선택했기 때문에 후회는 없어요. 한 가지 안타까운 점은 헤어디자이너에 비해 파트너 수가 부족하다는 거예요. 헤어디자이너마저 그만두는 경우를 몇 차례 보았고요."

입사 7개월째로 접어들었을 때다. 롤모델로 삼았던 헤어디자이너가 보이지 않자 현미 씨는 심한 충격을 받았다.

"특별한 이유가 있어서 그만둔 건 아니고요, 다음 날 전화를 했더니 언니 말이 그냥 하기 싫대요. 그 말을 듣는 순간 얼마나 놀랐는지 몰라요. 갑자기 밤바다에 등대가 꺼진 기분이었어요. 그럼 나도 여기서 그만둘까? 하루아침에 롤모델을 잃은 저로서는 방황이 길어질 수

"국가자격증만 취득하면 당장 내일이라도 미용사로 취직할 수
있지만 그보다 저는 제가 꿈꿔 온 헤어디자이너의 길을 선택
했기 때문에 후회는 없어요."

밖에 없었어요."

마침 그때 다가온 대학생 친구가 있었다. 그는 술에 취한 목소리로 말했다. 현미야, 넌 지금이 힘들지 모르지만 나는 앞날이 더 두렵다.

"며칠 전에 이런 기사를 본 적이 있어요. 우리나라에서 술을 제일 많이 마시는 연령층이 이십 대라는. 그 기사를 읽고 정신이 번쩍 들기도 했지만 우울했던 것도 사실이에요. 저도 롤모델을 잃은 뒤로 힘들 때가 많았거든요."

식당을 나오니 10시를 훌쩍 넘긴 시각이었다. 지척에 영도항이 있어 광복동 거리는 바람에 실려 온 짭조름한 비린내가 가득했다.

대구로 돌아갈 막차를 타러 부산역으로 향하는 길이었다. 아쉬움을 뒤로한 채 현미 씨가 먼저 손을 흔들었다.

"선생님, 있잖아요, 가을에 꼭 다시 오세요. 그때 오시면 멋진 헤어디자이너가 되어 선생님의 머리를 제 손으로 직접 가꿔 드릴게요."

중학교 2학년 때 지금의 길을 결정했다고 하였으니 그새 6년째인가. 일의 승패를 떠나 여기까지 달려온 한 소녀의 꿈이 오늘따라 몹시 대견해 보였다.

경마장의 꽃 기수

두두두 가슴이 뛰었다 | 열아홉 번 떨어졌습니다 | 키 167센티미터 체중 49킬로그램 이하
말에 울고 말에 웃는 기수 | 저는요, 놀라운 여자가 되고 싶습니다

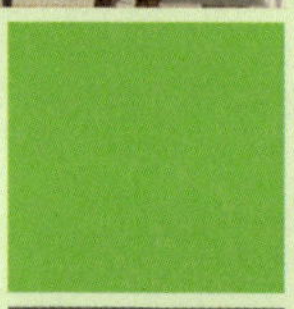

주로 조교시 안전수칙

1. 조교마 장구의 안전상금 및 객장번호를 확인한다.
2. 안전사고 예방 및 원활한 조교를 위해 주로내 조교자는 보호조끼, 안전모를 착용하여야 한다.
3. 주로 조교는 KRA의 허가를 득한 자에 한하여 실시할 수 있다.
4. 조교실습자(조교승인과정 이수자 기수후보생)는 반드시 조교사, 조교보 또는 기수가 대동하에서만 주로 조교를 실시할 수 있다.

지하철 삼송역에서 내려 서삼릉행 마을버스로 갈아탔다. 종점에서 소나무 숲길을 따라 십여 분 걸었을까. 야트막한 언덕을 넘어서자 서삼릉과 이웃한 경마교육원(원당 종마목장)이 모습을 드러냈다.

말은 어떤 동물일까? 말의 신체구조와 기능을 알리는 안내문부터 살폈다. 말의 귀는 소리를 모으기 위해 깔때기 모양으로 되어 있다. 풀을 뜯을 때 입 끝의 대상물을 눈으로 볼 수 없기 때문에 냄새를 맡아서 먹을 수 있는 것과 먹을 수 없는 것을 구분코자 코가 길게 발달했다. 목이 길어서 달릴 때의 속도에 따라 높낮이를 조절할 수 있고, 다리는 빠른 속도로 달릴 수 있도록 발달되어 있다. 눈길이 조금 오래 머문 곳은 그다음이었다. 말의 발굽은 달릴 때 지면과의 충격으로 발생하는 진동을 귓속으로 전달하여 지면의 상태를 감지할 수 있도록 이루어져 있다.

두두두 가슴이 뛰었다

경마교육원에서 여성 기수를 찾는 일은 그렇게 어렵지 않았다. 서울, 김해, 제주 등 우리나라 경마장에서 활동하는 140여 명의 기수 가운데 여성 기수는 10여 명. 한국마사회에서 시행하는 기수 면허시험에 합격한 후 현재 수습 기수로 활동하고 있는 이아나 씨도 그중 한 명이다.

"한 달 만에 말을 타 그런지 컨디션이 아직 정상은 아닌 것 같네요."

올해 스물넷인 아나 씨는 양손 엄지와 검지 사이에 테이핑을 하고 있었다.

2011년 8월 수습 기수로 데뷔할 적만 해도 아나 씨는 전망이 꽤 밝은 유망주였다. 하지만 그는 같은 해 11월 뜻하지 않은 사고로 병원 신세를 지고 말았다.

"경주를 마치고 마사(馬舍)로 돌아가는 길이었어요. 말이 갑자기 앞발을 치켜드는 바람에 낙마를 하고 말았는데, 3주 입원에 통근치료 기간만도 꼬박 두 달이 걸렸어요."

종아리 근육이 파열돼 입원한 그는 무척 속이 상했다. 경주에 막 불

이 붙을 무렵 사고를 당한 터여서 불길한 생각마저 들었다.

2011년 8월 혼합 4군 1,200미터 경주에서 6위로 데뷔전을 치른 뒤였다. 그로부터 한 달 뒤, 1,200미터 경주에 출전해 첫 우승을 맛본 아나 씨는 이어 열린 1,300미터 경주에서도 뒷심을 발휘한 끝에 극적인 우승을 따냈다.

"아나가 독종인 것만은 사실이죠. 병원에 입원할 정도로 부상을 당하면 남자 기수들도 경마에 대한 두려움을 씻어 내지 못하고 경마장을 떠나는 경우가 종종 있는데, 어떻게 된 게 아나한테서는 그런 모습을 전혀 찾아볼 수 없었어요. 오히려 부상당한 부위가 빨리 낫지 않는다며 성화였죠."

잠깐 자리를 같이한 김일경 교관의 말대로 아나 씨는 여리되 다부
져 보였다. 단지 운이 좀 따라 주지 않은 게 흠이라면 흠이었다. 복귀
한 달 만에 이번에는 골절상을 입고 만 것이다.

"그날따라 왠지 느낌이 좋지 않았어요. 발주를 하기 위해 순치칸(출
발대)에서 대기 중이었는데 글쎄, 말이 갑자기 요동을 치지 않겠어요.
순치칸 창살에 걸려 손이 찢어졌다는 것을 알았지만 경주를 포기하
고 싶진 않았어요."

그러면서 그는 첫 번째 사고에 이어 두 번째 사고 역시 말에게 허점
을 보인 자신의 부주의 때문이라며 나름 선을 그었다. 말과 기수 사이
에서 어떤 문제가 발생했을 경우 이 모든 책임은 말을 제때 관리하지

못한 기수에게 있다며.

"말한테 반한 건 중 2 때였죠. 서울에 사는 친척 결혼식에 참석한 뒤 경마공원 구경을 갔다가 심장이 멎는 줄 알았어요."

실은 그날 가족과 함께 서울대공원을 찾아가는 길이었다. 그런데 시간이 좀 빠듯해 보였다. 더 늦기 전에 동해로 돌아가려면 놀이기구 타는 걸 포기해야 할 듯싶었다.

아버지의 결정에 심드렁해진 아나 씨는 경마장 관람석에 앉아 연신 과자만 먹어 댔다. 당장 화풀이를 할 수 있는 거라곤 손에 쥔 과자밖에 없었다. 그런데 그때 건물에 불이 났을 때처럼 관람객들이 일제히 자리에서 일어나 환호를 질렀다.

"영화 속 한 장면을 보는 것 같았죠. 골인 지점을 코앞에 둔 말도 말이지만 제 눈엔 기수들의 모습이 더 멋지고 당당해 보였어요. 두두 두두두두……. 동해로 돌아간 뒤에도 그 여운은 한동안 제 머릿속에서 떠나질 않았어요."

열다섯 살 소녀의 꿈속에 기수가 나타난 것은 그로부터 나흘 뒤였다. 양손으로 고삐를 거머쥔 그는 힘차게 바람을 가르는 여전사를 보는 것 같았다. 말에 대해 아는 게 전혀 없는 아나 씨는 갖고 싶은 장난감을 사 달라며 보채는 아이처럼 부모님을 졸랐다. 꿈에 한 번만 보였다면 이쯤에서 덮어 보려 했으나 이후에도 바람을 가르는 여전사는 하루걸러 나타나 손을 흔들었다.

물론 부모님의 반대도 만만치 않았다. 특히 어머니의 반대는 하늘을 찔렀다. 딸의 입에서 '기수'라는 말이 나올라치면 어머니는 한 번도 상위권 성적을 벗어나 본 적 없는 네 언니 좀 닮으라며 성화였다.

"어렸을 때나 지금이나 제 성격이 가만있질 못하는 편이에요. 아빠가 용돈으로 언니와 저한테 똑같이 만 원을 주면, 새침데기 언니 돈은 지갑 속으로 쏙 들어가지만 저는 닥치는 대로 사 먹기 일쑤였어요."

그렇다고 아나 씨의 재능이 백치는 아니었다. 집에 간혹 손님이 찾아오면 밉살맞은 언니는 자신의 방으로 들어가 책을 폈지만 아나 씨는 현관으로 쪼르르 달려 나가 인사부터 올렸다. 초등학교 5학년 때는 자신이 그린 그림이 동해시 예술회관에 전시된 적도 있었다.

"두 달 넘게 엄마와 실랑이를 벌인 것도 그 그림 때문이었어요. 제 입에서 기수 이야기만 나오면 엄마는 차라리 화가가 되는 게 낫겠다며 저를 학원으로 끌고 갔어요."

학교에서 돌아온 아나 씨는 눈이 빠지게 아버지를 기다렸다. 수업 중에 생각을 한 것인데, 그날 아버지가 왜 경마장을 찾았는지 그 점이 좀 궁금했다.

"저녁 8시경이었어요. 애들 앞에서 절대 그러면 안 된다며 엄마가 입을 틀어막는데도 아빠는 그 이유를 털어놓고 말았죠. 그러니까 아빠도 한때 기수를 꿈꿨던 적이 있었다고 했어요."

그날 밤 다시 두두두 말발굽 소리가 되살아났다. 이제 앞으로 남은 시간은 열흘 남짓. 만약 아빠가 허락만 해 주면 기수를 꿈꿀 것이고 그게 어렵다면 엄마의 소원대로 그림을 전공할 생각이었다.

열아홉 번 떨어졌습니다

입학원서 접수 마감이 사흘 앞으로 다가왔다. 한국마사고등학교와 한국축산경마고등학교 사이에서 고민 중인 아나 씨는 후자 쪽으로 마음을 정했다. 도둑이 제 발 저린다고 성적이 마음에 걸렸다.

"체력검사 시험을 보는데 심사위원이 이런 말을 했어요. 성적은 바닥인 게 야무지다고요."

중간에도 못 미치는 자신의 성적 때문에 노심초사했던 아나 씨는 그제야 한시름 놓았다. 그리고 중학교 3년 동안 주위 사람들로부터 체구는 조그마한 게 깡다구 하나만큼은 똑 부러진다는 소리를 심심찮게 들었던지라 바로 그 점을 예쁘게 봐 준 심사위원에게 고마울 따름이었다.

강원도 동해에서 전라북도 남원까지는 승용차로 꼬박 5시간이 걸렸다. 저녁 식사를 마친 후 부모님을 따라 모텔로 들어선 아나 씨는 숨이 막혔다. 오늘따라 어머니마저 입을 꼭 다물어 버려 모텔 방 안은 적막이 감돌았다.

"특별히 할 일도 없고 해서 저녁 8시경 모텔을 들어간 게 실수였죠. 들어가자마자 숨이 막혀 오는데……, 부모님과 함께 그런 밤을 보내긴 처음이었어요."

다음 날 입학식을 마치고 부모님과 헤어질 때였다. 아버지의 만류에도 아랑곳없이 어머니는 승용차 뒷좌석에 얼굴을 묻은 채 울고 있었다.

"부모님께 너무 죄송했어요. 제가 봐도 집에서 너무 멀리 떠나 왔다는 생각이 들었거든요."

참고 참았던 눈물이 봇물처럼 터져 버린 건 부모님과 헤어져 기숙사로 돌아온 뒤였다. 이제 그만 울자, 이제 그만 울자며 스스로를 달랬지만 소용없는 일이었다. 그새 볼을 타고 흘러내린 눈물이 턱 밑으로 뚝뚝 떨어지고 있었다.

다음 날 아침 눈을 떴을 때는 한숨이 절로 나왔다. 하루를 시작하는 아침이 이렇게 무거웠던 적은 오늘이 처음이었다.

"눈을 떴는데 글쎄 천장에 늘 보이던 꽃무늬가 없는 거예요. 그동안 침대에서 잠을 자다 온돌에서 깨어났더니 허리도 욱신욱신 너무 아팠고요. 집 떠나면 고생이라는 어른들의 말이 그제야 실감났습니다."

수업 역시 낯설기는 마찬가지였다. 말의 이해, 마필관리 이론을 배운 지 채 일주일도 되지 않아 이맛살이 찌푸려졌다. 반면 교실 밖에서 이뤄지는 현장실습 때는 엔도르핀이 넘쳤다. 특히 말의 등에 안장을 짓거나 목욕을 시키는 일은 몹시 흥분되었다.

"입학생 가운데 여학생이라곤 달랑 하나였으니 저를 바라보는 눈들이 어땠을 것 같으세요. 남자들도 하기 힘든 말 공부를 하겠다며, 그것도 강원도 동해에서 찾아왔으니 한심하지 않았을까요. 하지만 전 개의치 않았어요. 마방 청소를 마치고 나면 냉장고에서 꺼낸 사이다를 한 잔 마셨을 때처럼 가슴이 시원했어요."

"말을 처음 접했을 때 느낌이 어떻던가요."

"와 크다! 와 멋있다?"

"그게 전부였나요?"

"처음 며칠은 무서웠지만 중 2 때 본 기수를 떠올리고부터는 두렵던 마음이 곧 사라졌습니다. 현장실습 때는 하루빨리 말을 타고 싶어 안달이었고요. 말을 타고 드넓은 초원을 힘껏 달려 보고 싶었습니다."

공부에도 한의학에서 말하는 개개인의 체질이 있는 모양이었다. 되는 과목이 있는가 하면 머리를 질끈 싸매도 안 되는 과목이 있었다. 영어와 수학, 이 두 과목이 애를 먹였다. 아나 씨는 더 이상 시간을 낭비하고 싶지 않아 고 1, 2학기부터는 효율성이 떨어지는 그 두 과목을 아예 땅에 파 묻어 버렸다.

그런 어느 날이었다. 담임이 지나가는 소리로 우스갯말을 툭 던졌다. 영어와 수학을 내팽개친 데 대한 일종의 불편한 심기였다. 아나 저것은 말은 지지리도 안 듣는 것이 말 타는 것 하나는 겁나게 좋아해야. 물론 기분 나쁘지 않았다. 세상에 두 종의 말이 있다면 아나 씨는 거침없이 내달리는 말을 더 선호했다.

첫 기승은 평보와 속보를 배우는 과정에서 비롯되었다. 하지만 그 느낌은 중 2 때 꿈꿨던 로망과는 전혀 달랐다. 뚜벅뚜벅 걷는 일만 반복하다 보니 말잔등에서 몸이 약간 흔들리는 정도였다. 경마장에서 본 짜릿한 감동은 그 어디에도 없었다.

"사실 기수 공부는 이론이 따로 없어요. 어느 누구도 예측할 수 없는 동물이 바로 말이니까요. 낙마를 대비해 낙법을 배우는 것도 그 때문이라고 할 수 있어요."

이처럼 아나 씨는 말의 성질을 알아 가는 과정에서 무려 19번의 낙

마를 경험했다. 그때마다 몸은 만신창이가 되고 말았다.

"짐승인 말이 사람을 무시한다면 믿으시겠어요. 실제로 말은 남자보다 여자를 더 무시해요. 올라타면 떨어뜨리고, 올라타면 떨어뜨리고…… 지상에서 말잔등까지의 높이가 150에서 160센티미터인데, 제 키 높이에서 열아홉 번을 떨어졌으니 그 후유증이 어땠겠어요. 기승을 배울 때는 제 몸이 파스로 도배를 하곤 했죠."

돌이켜 보면 그것은 말이 준 교훈이기도 했다. 거듭되는 낙마를 통해 자신감을 얻었다고 할까. 물론 거기에는 선배들의 시범이 크나큰 밑거름이 되었다. 기수로서의 리더 기질이 눈에 띄는 선배들을 지켜보고 있으면 오뚝이 정신에 커다란 자극제가 되었다. 한 번 넘어졌다고 해서 일어서기를 포기한다면 기수가 되는 건 꿈조차 꿀 수 없었다.

"경마고 학생들은 방학을 맞아 목장이나 경마장으로 마방 일을 하러 가요. 개중에는 알바비를 받으며 일하는 학생도 있고 숙식제공만 받으면서 경험을 쌓는 친구도 있는데, 아쉽게도 저는 엄마의 성화 때문에 동해로 돌아갈 수밖에 없었어요."

여름방학이 끝날 무렵 학교로 다시 돌아온 아나 씨는 귀가 솔깃했다. 마방에서 방학을 보낸 학우들이 쏟아내는 경험담은 그야말로 흥미진진했다.

"역시 경험만 한 스승이 없더라고요. 마방에서 방학을 보낸 선배와 친구들의 이야기를 듣다 보면 군침에 부러움까지…… 하루빨리 학교를 벗어나고 싶었어요."

키 167센티미터 체중 49킬로그램 이하

2007년 2월 졸업장을 받은 학생은 5명이었다. 8명 중에서 1명은 1학년 1학기를 마치고 전학을, 2명은 적성에 맞지 않다며 도중에 학교를 그만두었다. 졸업과 함께 아나 씨는 제주도 육성 목장으로 떠났다.

"육성 말은 거부반응이 상당히 심한 편이에요. 앞발을 치켜든 채 훈련을 거부하는가 하면, 달리던 중 갑자기 몸을 좌우로 틀어서 낙마하는 일이 다반사죠."

그렇지만 좋은 점도 있었다. 어떤 말이든 사람이 올라타야 근육이 발달하는데, 아나 씨는 낙마를 그 과정의 하나로 받아들였다. 이번 기회를 통해 말의 특성을 제대로 파악만 할 수 있다면 절반은 성공한 셈이었다.

목장 앞에 펼쳐진 제주의 푸른 바다는 이따금씩 스무 살 처녀의 마음을 심란하게 만들었다. 친구들은 뭍에서 예쁜 옷도 입고 영화도 보면서 젊음을 만끽하는데 대체 나는 뭐란 말인가! 마치 선머슴처럼 너덜너덜한 일복을 걸친 자신을 보고 있으면 한숨이 저절로 나왔다.

"바다 다음으로 저를 우울하게 만든 건 싸이클럽이었어요. 육지에 사는 친구들은 싸이클럽에 멋지고 화사한 표정으로 찍은 사진을 올리는데 저는 만날 말만 찍어 올렸거든요."

이처럼 1년여를 말과 함께 동고동락하다 보니 사람이 그리울 때가 한두 번 아니었다. 그러나 제주에서 동해까지의 거리를 생각하면 한숨만 더 깊어졌다.

"대부분의 말 목장들이 도심으로부터 멀찍이 떨어져 있잖아요. 그게 사람을 더 울적하게 만들지 않았나 싶어요. 눈에 보이는 거라곤 바다와 산뿐이어서 더 외로울 수밖에 없었거든요. 제주에서 지낼 적엔 김광석의 '서른 즈음에'가 향수를 달래는 유일한 약이었던 것 같아요. 하루에도 대여섯 번씩 그 노래를 불렀으니까요."

잠시 그 노래를 요청해 보았다. 그러자 아나 씨도 별 망설임 없이 노래를 불렀다.

또 하루 멀어져 간다
내뿜은 담배 연기처럼
작기만 한 내 기억 속에
무얼 채워 살고 있는지
점점 더 멀어져 간다
머물러 있는 청춘인 줄 알았는데
비어 가는 내 가슴속엔 더 아무것도 찾을 수 없네

1년 반 만에 뭍으로 다시 나온 아나 씨는 그 길로 곧 경마교육원을 찾아갔다. 기수가 되려면 우선 키 167센티미터에 체중 49킬로그램 이하, 시력 0.8 이상이라는 신체검사 기준를 거쳐야 하는데, 아나 씨에게 그 정도는 크게 문제될 게 없었다. 제주도에서 지낼 때 이미 그 점을 염두에 두고 훈련을 해온 터라 적성검사(제자리높이뛰기, 사이드 스텝, 유연성, 달리기 등)까지 무난히 통과할 수 있었다.

교육원생 가운데 첫 낙오자가 발생한 건 3주가량 지나서였다. 신체검사를 위해 일시적으로 체중을 감량한 게 문제의 발단이었다. 3주 후 체중이 49킬로그램을 넘어서자 그는 하소연 한마디 못하고 그만 교육원을 떠나야 했다.

"기수에게 체중은 자신과 싸우는 첫 번째 관문이라고 할 수 있어요. 만에 하나 고무줄체중을 가졌다간 그 즉시 경마장을 떠나야 하기 때문이죠."

한 해 한 번 있는 기수 면허시험에는 이렇듯 자신의 뼈를 깎는 노력이 필요했다. 아나 씨는 이 과정을 통과하는 데만 꼬박 2년이 걸렸다.

"수습 기수 면허를 취득하면 먼저 2년간 경주를 뛰어야 정식 기수 자격을 갖추는데요, 현재 제가 그 과정(3학년)을 밟고 있는 중이에요. 아마 늦어도 2013년도에는 이곳 경마교육원을 떠나 과천경마장에서 생활하는 제 모습을 볼 수 있을 거예요."

경마교육원에는 현재 14명의 수습 기수가 교육을 받고 있다. 그 가운데 여성 기수는 아나 씨가 유일하다. 함께 마사를 둘러보던 중 아나 씨가 자조 섞인 미소를 지어 보였다.

"2011년 첫 경주 때를 생각하면 지금도 묘한 감정에 휩싸이곤 해요. 경마교육원 주행 검사 통과 기준이 1,000미터 경주를 1분 7초 안에 골인해야 하는 것인데, 바로 그 1분 몇 초를 위해 달려온 그동안의 시간이 왜 그렇게도 허탈하던지요. 요즘 흔히 하는 말로 데뷔와 함께 찾아온 멘탈붕괴가 저를 꽤 오래 힘들게 했어요."

본인의 체중에서부터 말에 이르기까지, 기수의 길은 그처럼 어느 것 하나 수월한 게 없다. 기수 입장에서 아무리 준비를 잘했다 하더라도 말이 말썽을 부리면 처음으로 다시 돌아가야 하기 때문이다.

말에 울고 말에 웃는 기수

다음 날 새벽 6시, 과천경마장은 인적이 뜸했다. 입구를 지나 안으로 사오 분 남짓 걸었을까. 두두두두두두……. 말 발굽소리가 요란했다.

한국마사회 소속 과천경마장 직원 박종배 씨와 함께 외부인 출입 금지 구역인 모니터실로 향했다. 마방에서 경주장으로 들어가는 입구에 경주 주로(走路) 조교 시 지켜야 할 안전수칙 안내판이 눈에 들어왔다.

기수에게 말을 건넬 시 조교는 장구의 안전 및 잭킹번호(경마번호)를 갖춰야 하며, 보호조끼와 안전모를 착용하고, 마방에서 주로로 이동할 때는 반드시 좌우를 살펴야 한다는 등의 내용이 적혀 있었다.

경마장이 한눈에 내려다보이는 모니터실에는 50대 초반의 조교가 세 대의 모니터와 망원경을 통해 수십 마리의 경주마를 살피는 중이었다. 속보·구보·습보를 진행하는 경주마는 트랙 내주로를, 평보를 진행하는 경주마는 외주로에서 훈련이 한창이었다. 팔짱을 낀 채 서서 그 광경을 지켜보는데 불현듯 간밤의 이야기가 떠올랐다.

바로 저 경주장에서 두 번째 우승을 차지한 날이었다. 그날 밤 아나 씨는 거의 뜬눈으로 밤을 새우다시피 했다. 첫 번째 우승이 얼떨결에 이루어진 행운의 징조였다면 두 번째 우승은 손에 테이핑까지 하는 투혼이 뒤따랐다.

사실 순치칸에서 손을 다쳤을 때만 해도 그의 갈등은 이만저만 아니었다. 하지만 아나 씨는 어렵게 얻은 기회를 여기서 놓치고 싶지 않았다.

이를 악문 우승의 결과였을까. 급여도 월 800만 원으로 배가 뛰었다. 기수와 조교, 마필관리사는 우승에 따라 거기에 상응하는 배당금이 주어지는데, 아나 씨의 기본 급여는 조교비(한 달 평균 50마리 이상의 경주마를 조교하고 있다)를 포함해 월 600만 원 선이라고 했다.

"우승과 비우승에 따라 배당금이 천차만별이에요. 우승을 거듭하는 말에게는 상금도 그만큼 주어지지만 그렇지 못한 말은 기본 급여 정도죠. 물론 우승을 못했다고 해서 배당금을 전혀 못 받는 건 아닙니다. 1등에서 5등까지는 기승료와 착순금이 지급됩니다."

마주 78.45퍼센트, 조교사 8.65퍼센트, 기수 5.5퍼센트, 관리사 7.4퍼센트로 배분되는 순위상금에 잘 나타나 있듯 아나 씨는 말에 울고 말에 웃는 직업이다. 하지만 그는 급여에 대해 특별히 개의치 않는 눈치였다.

그보다 먼저 그는 자신의 몸 관리에 대한 어려움을 털어놓았다. 좋은 말은 기수의 체중이 54킬로그램, 중간 말은 52킬로그램, 그다음 말은 49킬로그램이 되어야 한다. 그러니까 기수로 살아남으려면 어쨌든 이 체중을 유지해야만 한다.

"돈과 체중 가운데 하나를 선택하라면 저는 당연히 체중이에요. 경주를 앞두고 도핑테스트에서 실격 처리된다면 돈이 무슨 소용이 있죠. 아마 그와 같은 일을 두세 차례 반복하다 보면 기수는 이미 경마장을 떠나고 없을지도 몰라요. 나이의 많고 적음을 따지지 않는 기수라는 직업이 그렇습니다. 경주를 하기 바로 전날은 물 한 모금과 싸울 때도 있어요."

어제 저녁 식사를 같이할 때였다. 경주가 없는 날은 헬스장, 요가, 수영장을 번갈아 오간다는 말에 그 이유를 묻자 아나 씨는 기수의 몸이 유연할수록 말 또한 부담을 덜 느낀다고 했다. 그는 식사를 절반 이상 남겼다.

저는요, 놀라운 여자가 되고 싶습니다

아나 씨의 훈련 모습이 모니터에 포착된 건 6시 반경이었다. 경마교 육원에서 새벽 4시경 셔틀버스를 타고 과천경마장으로 이동한 그는 벌써 네 마리째 경주마를 훈련 중이었다.

검은색 복장을 한 아나 씨가 모니터에서 사라진 뒤였다. 말과 34년째 인연을 맺고 있다는 조교와 잠시 이야기를 나눴다.

"새벽부터 훈련을 시키는 특별한 이유라도 있습니까?"

"말의 생체리듬 때문이죠. 사람도 새벽 시간에 머리가 가장 맑다고 하잖아요."

"과천경마장에서 생활하는 기수는 얼마나 되는지요."

"60여 명 됩니다. 그중 여성 기수는 달랑 셋뿐이고요. 남성과 비교했을 때 여성은 유연성을 제외하면 골격과 근육 면에서 남성에 비해 상당히 떨어지는 편인데, 우리나라에 여성 기수가 적은 것도 그 때문이라고 할 수 있죠."

우리나라에 경마가 알려진 건 1909년 근위기병대가 경주를 개최하면서였다. 이를 계기로 조선경마구락부가 창립(1922년)되었고, 조선마

사회(현 한국마사회)는 1942년에 창설되었다. 신설동과 뚝섬을 거쳐 지금의 과천으로 옮겨졌는데, 일반대중에게 좀 더 널리 알려진 것은 서울올림픽 때였다. 그러나 한국에서 경마는 '킹 오브 더 스포츠'로 자리를 잡은 영국과 비교했을 때 상당히 미흡한 상태다. 여전히 도박의 그늘에 가려 음지를 아직 벗어나지 못했다 할까. 어제 이 점에 대해 물었을 때 아나 씨는 긍정과 부정 그 사이에 머물러 있었다.

"기수들 역시 우승과 배당금에서 자유로울 수 없으니 부정하진 않겠어요. 그렇지만 저는 기수를 꿈꿀 때부터 한 번도 스포츠 정신을 잊어 본 적이 없어요. 그리고 또 하나, 한국에서 여성 기수로 활약한다는 것이 결코 쉬운 일이 아니기에 후배들의 롤모델이 되고 싶었

어요.”

그 꿈을 향해 새벽 4시의 기상도 마다 않는 아나 씨가 꼭 듣고 싶어 하는 말이 있다. “여자가 꽤 (말을) 탄다.” 선배 기수들로부터 그런 소리를 들으면 그는 뛸 듯이 기뻤다.

“한때 말이 그 나라의 흥망성쇠를 좌우했듯이 저 또한 말 타는 일에만 전념하고 싶어요.”

수습 기수한테는 주말과 주일 이틀 동안 총 6회의 경주가 주어진다. 경주를 한 차례 뛰고 나면 체중이 보통 200~300그램 정도 빠지는데, 아나 씨가 방금 도박이라는 말에 이의를 제기한 것도 바로 이 때문이다. 성공의 가치를 그저 돈으로만 환산하려는 우리 사회의 그릇된 풍토에 그는 못마땅한 제스처를 보였다.

“새벽 4시 반부터 말에 올라 속보와 구보를 하다 보면 동절기에는 두 볼이 꽁꽁 얼어붙곤 해요. 하지만 전 나신교(먼저 자신을 믿고 따른다는 의미)이기 때문에 결코 포기하지 않을 거예요. 경마도 축구나 야구처럼 6군에서 우승을 하면 5군으로, 다음은 4군, 3군 순으로 올라가는데 이 분야에서 프로가 되는 게 저의 소망이에요.”

“그렇더라도 프로는 곧 경쟁의 세계가 아닙니까?”

“물론 남자 기수들 틈에 끼어 경주를 하다 보면 성별에서 비롯되는 압박감이 절대 적지 않아요. 기수를 그만두고 싶은 적도 있었으니까요. 하지만 저는 제일 먼저 경계해야 할 대상으로 나태를 꼽아요. 언젠가 한번 훈련을 적당히 한 상태에서 올랐더니 말이 채 1분도 안 되어 저를 땅바닥에 패대기치고 말았거든요.”

9시경 모니터실에 모습을 드러낸 아나 씨의 표정은 어제에 이어 오늘도 당차 보였다. 다섯 시간의 훈련을 모두 마친 그와 함께 식당으로 향하는 길이었다.

"모니터실에 근무하는 조교가 말하더군요. 새벽 훈련을 마치면 아나 씨는 모니터링으로 리뷰를 꼭 한다고요."

"우승을 했든 못했든, 그날 경주의 리뷰만큼은 되도록 빠뜨리지 않으려 애쓰는 편이죠. 순위가 정해지는 경주여서 다음 주 경주를 미리 대비하는 차원이라 할까요. 그렇다고 너무 우승에만 집착하는 기수는 되고 싶지 않아요. 강한 여자보다 놀라운 여자, 이런 여자가 더 멋있지 않나요?"

덧붙여서 그는 한국마사회 소속 제29기 이아나 기수의 성장을 꼭 지켜봐 달라고 했다. 기수는 무엇보다 각본 없는 드라마를 연출해 내는 사람이라며.

"어제도 잠깐 말했지만 저는 학창 시절 꼴찌를 도맡아 했어요. 그렇기 때문에 이 분야에서만큼은 짜릿한 감동의 드라마를 한 편 꼭 만들어 보고 싶어요. 그게 저의 마지막 꿈이기도 하고요."

우리나라에 첫 여성 기수가 등장한 것은 2001년도였다. 세간에 '금녀의 벽'을 깨 주목받았던 이신영 기수처럼 아나 씨의 포부도 당차 보였다.

"나신교답게 스스로 물러났으면 물러났지 절대 쫓겨나는 사람은 되고 싶지 않아요. 이신영 선배처럼 저도 아줌마 기수로 늠름하게 활동하고 싶고요."

"너무 우승에만 집착하는 기수는 되고 싶지 않아요.
강한 여자보다 놀라운 여자, 이런 여자가 더 멋있지 않나요?"

말과 함께 8년을 걸어온 탓인지 아나 씨의 목소리가 그냥 내뱉는 소리로는 들리지 않았다. 저 정도의 여성이면 그것이 무엇이든 기필코 보여 주고야 말 것 같은 느낌, 악수를 나누는 그의 손힘에서 그걸 느낄 수 있었다.

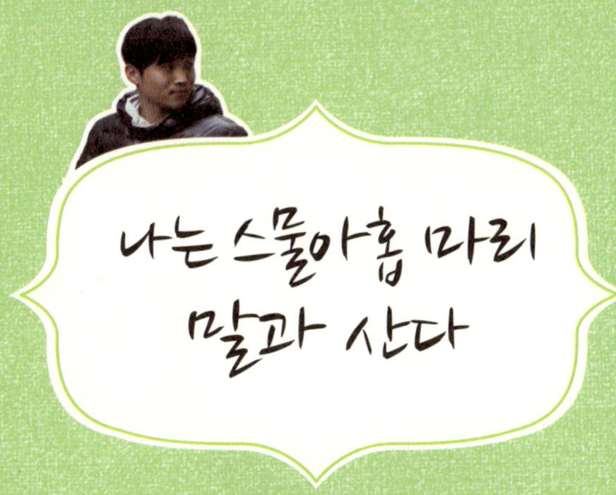

말은 기다림에 약하다 | '진출'과 '길' | 7시 기상, 씻고 밥 먹고 실습하고 | 말은 좀 무서웠습니다
새벽 5시 오후 5시 | 달려라, 말아!

김해경마장 관리소에 신분증을 맡긴 뒤에 D2 마사를 찾아 나섰다. A동에서 F동까지 있는 마사는 생각보다 넓었다. 눈에 먼저 들어온 것은 말을 관리할 때 지켜야 할 안전수칙 안내문이었다.

말에게 접근 시 약 2미터 앞에서 '오~라' '오~라' 하며 왼쪽으로 접근한다. 마방 내에서는 정숙해야 하며, 금주·금연하고 뛰어다니지 않는다. 운동 시 숫말 및 악벽마(성미가 사나운 말)는 2인 1두로 실시한다. 말 수장(목욕) 시 큰소리나 갑작스런 행동을 금하고 말을 정확히 잡은 후 실시한다. 수장은 말의 심장부에서 먼 부분부터 시킨다. 말 급사(먹이를 주는 일) 시에는 급여량을 사양기준에 준하여 정해진 시간에 급사하며, 동일 마방에서는 가능한 한 동시에 급사한다.

말은 기다림에 약하다

팀장을 비롯해 8명이 근무하는 D2 마사에는 29개의 마방이 있었다. 들어올 때 잠깐 안전수칙을 숙지한 터라 카메라를 꺼내는 일이 여간 조심스럽지 않았다. 마필관리사 김성수 씨는 편자를 교체 중인 말의 고삐를 손에 쥔 채였다.

"(말) 편자를 교체할 때, 그리고 수장을 시킬 때 제일 중요한 건 타이밍이에요. 기다림에 약한 말은 시간을 조금만 지체해도 바로 거부반응을 보이죠."

아닌 게 아니라, 편자를 교체할 때 보니 D2 마사는 긴장이 감돌았다. 한 사람은 말의 왼쪽 뒷발을 안쪽으로 굽혀 잡았고, 이마에 땀방울이 송송 맺힌 장제사는 그 발의 말굽을 깎아 내는 중이었는데, 그때마다 말은 세차게 머리를 내저으며 발길질을 했다. 말고삐를 그러쥔 성수 씨를 포함해 인원은 3명이지만 500킬로그램이 넘는 육중한 말 한 필에 비하면 참으로 보잘것없어 보였다. 시간을 재 봤더니 말 1두당 편자를 교체하는 데만도 삼십 분이나 걸렸다.

그사이 수장실에서는 경마장에 나가 훈련을 마치고 들어온 말들을 목욕시키고 있었다. 이틀 전 주말 경주에서 3위를 차지한 말의 안장을 걷어 내자, 등에서 모락모락 더운 김이 피어올랐다. 순간 마필관리사의 손이 바빠졌다. 먼저 그는 마른 수건으로 땀을 닦아 준 뒤, 심장부에서 제일 먼 발부터 목욕을 시켰다. 그의 손길이 예사롭지 않았다. 마치 갓난아기를 다루는 것 같았다. 뿐만 아니라 그는 방금 목욕을

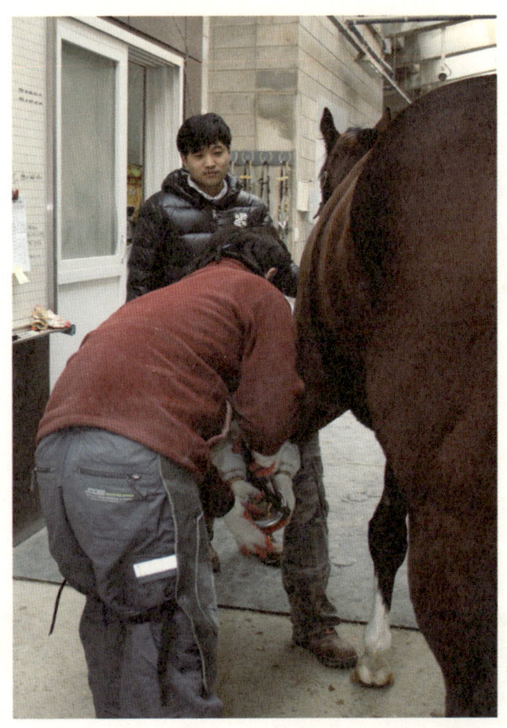

마친 말의 네 발을 수건으로 닦은 뒤 상처 난 곳을 찾아내 연고를 발라 주었다.

"동절기엔 경마장 바닥이 얼지 않도록 소금을 뿌리는데, 연고를 발라 주는 건 그 때문이에요. 다른 계절에 비해 동절기에는 말에게 크고 작은 상처가 많이 생기는 편이죠."

"그건 뭐죠. 핸드크림 같은데……?"

"네, 맞아요. 종일 서서 지내는 말은 다른 동물에 비해 다리와 발이

건조한 편인데, 그걸 사전에 방지하기 위해 발라 주는 겁니다. 경주마의 생명은 곧 네 발에 있다고 할까요. 해서 첫째도 둘째도 마필관리사의 급선무는 말의 다리를 수시로 체크하는 일이죠."

"그건 팩이 아닙니까?"

"그렇습니다. 말은 덩치에 비해 다리가 얇고 수분이 부족한 터라 목욕을 마치면 진흙팩을 해 주곤 해요. 이 진흙팩은 경주를 마친 말의 다리에 나는 열을 식혀 주고 염증까지 치료하는 이중 효과를 갖고 있답니다."

마사 시멘트벽에는 안장, 굴레, 박차, 채찍, 패드, 번호재킷(빨간색은 우수 말을, 노란색은 다음 말을 가리킨다) 등 경주에 필요한 마구와 장비

가 질서정연하게 걸려 있다. 그 아래 플라스틱 상자 안에 갈퀴, 솔, 발굽파개 등도 보였다. 한 가지 의아한 점은 같은 마방에서 말과 흑염소가 동거를 한다는 점이다.

"사람처럼 말도 혼자 지내는 걸 못 견뎌 하는 녀석들이 더러 있어요. 어떤 말은 닭을, 또 어떤 말은 토끼를 원하는데, 바로 이런 녀석들을 혼자 두었다간 정신적으로 더 큰 문제를 일으킬 수 있어요. 물론 이 부조 역시 마필관리사의 몫이죠."

여기서 부조란 인간과 말의 소통구조를 의미한다. 다른 동물에 비해 말은 그 울음소리마저 이방의 느낌을 주는데, 그런 말과 부조를 이루기 위해서는 숱한 훈련 과정을 거쳐야 한다.

"말과 부조를 이뤘다 하더라도 방심은 절대 금물이에요. 잠시라도 한눈을 팔았다간 말한테 한 방 제대로 당할 수 있으니까요."

여기까지 이야기를 들려준 성수 씨가 급사를 시작했다. 순간 마사가 히힝 히히잉 갑자기 들썩였다. 사람이나 말이나 밥 때만큼은 크게 다를 바 없었다. 서로 먼저 달라며 마방에 갇힌 말들이 길길이 날뛰었다. 하지만 성수 씨는 그럴수록 침착한 자세를 유치한 채 급사를 했다. 말의 상태에 따라 영양제를 첨가하는 일 또한 빠트리지 않았다.

"이럴 때 보면 말이 사람보다 더 호강하는 것 같아 보이지만 꼭 그렇지만도 않아요. 마생마사(馬生馬死), 기수나 마필관리사도 그중 하나라고 보면 돼요. 그 예로 신마(새로운 말)를 길들이고 훈련시켜 1,000미터를 1분 7초 안에 들어와야만 경주마로 거듭나는데, 이 모든 수고를 아끼지 않는 이유가 무엇이겠어요. 0.01초를 다투는 숨 막히는 경주에서 우승을 해야만 서로 웃을 수 있기 때문이죠.”

김해경마장에서 일하는 마필관리사는 150여 명, 이들은 조로 편성돼 있다. 마주는 그중 한 조를 택해 자신의 경주마를 맡긴다. 그러니까 D2 마사는 8명의 직원이 29마리의 말을 맡고 있었다.

“마주가 맡기는 말에도 1에서 5까지 순위가 있어요. 물론 그 말이 경주에서 1위를 하였든 꼴찌를 하였든 마필(관리사)에게 말은 하나같이 소중할 수밖에 없죠. 순위에 뒤처진 말을 잘 조련해 우승을 시키는 일이 곧 마필의 몫일 테니까요.”

“경주마의 경우 가격은 어떻습니까?”

“두당 5,000(만 원)에서 2~3억을 호가하니 보통 말은 아니죠.”

잠시 일손을 놓은 건 오전 10시경이었다. 새벽 5시부터 일과를 시작해 오후 4시경 퇴근하는 성수 씨는 그제야 아침을 먹으러 구내식당으로 향했다.

“아침은 점심과 겸하고 저녁은 6시쯤 먹는데도 살이 쪄서 큰일이에요. 기수나 마필(관리사)이나 체중이 불면 제일 먼저 말이 등에서 내려오라며 난리를 치거든요. 성질이 좀 괴팍한 말은 말잔등에 올라타자마자 떨어뜨리기 일쑵니다.”

말은 그런 동물이라고 했다. 체격(체중)이 절반에도 못 미치는 나귀는 자신의 등에 얹힌 짐이 제아무리 무거워도 주인이 휘두르는 한 차례 채찍에 이내 순응하지만, 경주마는 절대로 그걸 용납하지 않는다며.

식사를 마치고 돌아온 성수 씨가 마사 벽에 세워 둔 빗자루를 집어

들었다. 다른 마필관리사들도 각자 마방으로 들어가 말똥을 걷어 내는가 하면, 마른자리를 마련해 주느라 분주했다.

"오늘은 내일까지(월~화) 휴일로 이어져 이 시간(오후 1시)에 퇴근하지만, 경주가 있는 주말 이틀은 룸(room)에 도착하면 저녁 7시가 넘어요."

샤워실에서 나온 성수 씨가 차에 시동을 걸었다. 30여 분 만에 도착한 곳은 그의 룸에서 멀지 않은 커피숍 입구였다.

'진출'과 '길'

성수 씨가 김해경마장에 입사한 때는 2003년도 겨울이었다. 한국경마축산고등학교를 졸업한 그는 교사의 추천으로 김해에 정착했다.

"마필관리사가 되기까지는 무엇보다 아버지의 영향이 컸다고 할 수 있어요. 아버지가 농축산을 하셔서 동물들과 지내는 게 일과가 돼 버렸죠."

남원시에서 20킬로미터 남짓 떨어진 금지초등학교에 입학한 성수 씨에게 가축은 친구나 다름없었다. 등교 때면 여남은 소들이 축사에서 음매 잘 다녀오라며 배웅해 주었고, 하교 때면 개들이 동구 밖까지 뛰어나와 꼬리를 흔들어 댔다.

"동물들과 한번 친해져 보세요. 제아무리 딱딱한 로봇이라도 반 시

간만 지나면 아마 장난꾸러기로 돌변하고 말 거예요. 때와 장소를 가리지 않고 엉기는 개야 그렇다 치고, 의뭉한 소 역시 주인이 장난을 치면 그새 눈빛이 달라져요. 목덜미를 쓰다듬는 척 손가락으로 간지럼을 태우면 몸을 비틀면서 막 웃죠. 소의 눈은 그때가 제일 아름답습니다."

중학교에 입학한 뒤로는 농기계에 손이 먼저 갔다. 마당에는 굴삭기를 비롯해 트랙터와 경운기 등 농축산에 필요한 기계들이 여기저기 널려 있었다. 하루는 아버지가 집을 비운 사이 트랙터를 운전하다가 혼이 난 적도 있었다. 대체 어디를 잘못 만졌는지 트랙터가 시동조차 걸리지 않은 채 그만 고목이 되고 말았다. 호기심이 발동한 성수 씨는 아버지의 손동작을 떠올리며 풀었다 조였다를 반복했다. 그러나 한번 꺼진 엔진은 좀처럼 일어설 기미를 보이지 않았다.

역시, 제일 신 나는 일은 운전이었다. 집에서 사용하는 농기계의 기름이 간댕간댕할 때면 아버지는 곧잘 주유소 심부름을 시켰다. 그때마다 성수 씨는 마을 친구들을 몽땅 불러냈다. 아스팔트길을 달려 남원 시내로 들어서면 와우! 또 다른 세계가 펼쳐졌다. 초등학교 졸업식 날 부모님과 세 시간을 기다린 끝에 〈황금박쥐〉를 관람한 제일극장이 보이고, 건너편에는 중국집도 보였다. 까까머리 성수 씨는 보란 듯이 아버지의 승용차를 중국집 문 앞에 주차한 뒤 짜장면을 먹으러 들어갔다.

"그 무렵 가장 멋진 단어는 바로 '진출'이었어요. 집에서 남원 시내까지의 거리가 왕복 40킬로미터에 불과한데도 그 길은 매우 색다른 분위기를 자아냈죠. 어렵사리 텍사스를 탈출한 까까머리 일행이 마침내 라스베이거스에 진출하는, 영화 속 한 장면을 직접 체험하는 기분이었습니다."

그러면서 그는 이 모든 파노라마가 시골에서 나고 자랐기에 가능한 일이 아니었겠냐며 힐끗 웃어 보였다.

"가끔 성난 바다 같은 모습을 보이는 아버지에 비해 어머니는 길처럼 온순한 분이셨어요. 그것이 무엇이든, 안 된다 하기보다는 한번 해 보라는 쪽이셨죠. 지금도 기억이 생생한데, 사람의 적성은 곧 길과 같다고 했어요. 어느 곳으로 진출하든 먼저 자신이 원하는 길을 가라 하셨죠."

중 2 때, 다니던 학원을 그만둔 것도 이런 엄마의 영향이 컸다. 얼마든 대학에 진학할 형편인데도 성수 씨는 굳이 하기 싫은 공부에 억지로 매달리고 싶지 않았다. 대신 친구들과 어울려 최근에 나온 스타크래프트를 하고 있으면 스트레스가 한 방에 날아갔다.

학원에서 사귄 친구로부터 피시방에 더 킹 오브 더 파이터가 들어왔다는 전화를 받은 성수 씨는 마을 친구들을 불러 모았다. 내일까지 도저히 기다릴 자신이 없었다. 아니나 다를까, 최신식 게임은 마치 서리를 할 때처럼 스릴과 행복을 동시에 안겨 주었다. 언젠가 외할머니 댁에서 구워 먹은 바로 그 군고구마 맛이었다.

"조금 일찍 눈을 떴는지 어땠는지는 잘 모르겠지만, 아무튼 그 무렵 행복의 의미를 어렴풋하게나마 깨달았던 것 같아요."

달리 보면 그것은 시내로 진출이 잦아지면서 생겨난 성장촉진제였는지도 모른다. 한 날 친구 집에서 외박을 하고 나오는데 안에서 뭔가 쑥쑥 크고 있다는 느낌이 왔다. 그 후 몇 차례 더 외박을 한 뒤 살펴보니 그것은 세상으로 통하는 길이었다.

"변명 같지만 저는 학교 공부 대신 서리, 피시방, 저수지, 외박, 친구 등 주로 이런 과목에서 더 큰 미래를 보았던 것 같아요. 정상을 향해 오르는 산보다는 넉넉한 강이 더 좋았고요."

중학교 종업식을 며칠 앞두고 3학년 전체 야영수련회가 있는 날이었다. 카세트에서 김건모의 '스피드'가 흘러나오자 반 친구들이 일제히 자리에서 일어나 미친 듯이 몸을 흔들었다. 그 광경을 지켜본 성수 씨는 뿌듯함을 감추지 못했다. 성적이 좋은 애도 그렇지 못한 애도,

하나같이 춤에 흠뻑 젖어 있었다.

7시 기상, 씻고 밥 먹고 실습하고

지금의 이 성적으로 네가 갈 수 있는 곳은 농과와 상과뿐이라며 담임이 한숨을 내쉬었다. 그리고 며칠 후, 여기에 대한 최종 결정을 내려 준 사람은 다름 아닌 아버지였다. 내 피를 물려받았다면 상업계열보다는 농업계열이 더 잘 맞을 거라는 아버지의 말에 성수 씨는 한국축산고등학교에 입학했다.

"축산고 입학과 함께 제일 겁났던 건 바로 선배들이었어요. 갑자기 너무 큰 조직에 들어온 기분이었죠."

선배들의 지시에 따라 각자 기숙사 방을 배정받은 뒤였다. 교내식당으로 다시 모이자 3학년 선배 중 하나가 잘 벼린 칼날시선으로 신입생들을 쭉 훑고 지나갔다. 곧이어 오른손을 치켜든 그가 너, 너, 너를 가리키더니 나머지 학생들은 1분 안에 기숙사로 들어가라며 긴장을 조성했다.

"그날 좀 깨졌는데요, 풀리지 않는 수수께끼도 하나 있었어요. 신입생 중에서 왜 셋만 얻어맞고 있는지, 그 이유를 말해 주지 않았다는 거예요. 나중에 한 친구가 우리가 좀 놀아먹게 생겨 얻어맞은 것 같다고 했을 적엔 한바탕 웃고 말았지만요."

그처럼 기숙사 생활은 마음껏 누릴 자유가 첩첩이 산이었다. 1차적으로 신입생은 선배들이 정한 규칙에 따라 행동해야만 했다. 만에 하나 꼽다며 반기를 들었다간 두고두고 씹힐 수 있었다.

"고등학교 기숙사 생활은 나중에 군복무 할 때 여러모로 큰 도움이 되었어요. 7시 정각에 기상을 하면 씻고 밥 먹고 곧장 수업으로 이어졌는데, 3년 동안 그게 몸에 밴 탓인지 (군에서) 각 잡는 일이 훨씬 수월했죠."

정규 과목(국어·영어·수학) 수업을 다 마치면 축산과 관련한 전공 수업으로 이어졌다. 방금 목욕탕에서 나온 사람처럼 성수 씨는 비로소 몸과 마음이 홀가분해졌다.

"가축은 무엇보다도 가식이 없다는 점에서 마음에 끌렸어요. 사람처럼 말은 못할지언정 나를 좋아하고 따른다는 걸 금방 느낄 수 있기에 애착이 갈 수밖에 없었지요. 그동안 집에서 본 가축이 차창 밖 풍경이었다면 실습실에서 만난 가축은 모든 게 그 실체였죠."

어미돼지가 새끼를 낳았을 때다. 11마리를 출산한 암돼지를 지켜보던 성수 씨는 기분이 묘했다. 집에서 몇 차례 보았던 광경인데도 실습용 돼지는 왠지 안쓰럽고 슬퍼 보였다.

"집에서 기르는 암돼지가 새끼를 낳으면 축복 중에 축복이지만 실습용 돼지는 사정이 좀 달라요. 출산과 동시에 여러 손을 타니 시달림의 연속이라고 할까요. 지금도 그렇지만 텔레비전에서 실습용 동물을 보면 마음이 편치만은 않아요."

그렇다고 해서 축산의 특성이라든가 종의 장단점에 대해 그냥 넘어

갈 수도 없는 일. 어미 소가 분만했을 때 성수 씨는 새끼의 탯줄을 자르다 말고 어머니를 떠올렸다. 비칠대는 새끼의 몸 구석구석을 혀로 핥던 어미 소는 급기야 자신의 두 발로 새끼를 끌어모아 초유를 먹이고 있었다.

반면 새끼돼지의 성기를 거세할 때는 까닭 모를 서늘함이 느껴졌다. "거세 후 소독을 하고 있기에 성기 부위를 꿰매는 줄 알았어요. 그런데 그게 그것으로 끝이더라고요. 저나 나나 같은 숫놈 처지여서 다시는 손에 칼을 쥐고 싶지 않았죠."

학교에 갑자기 말이 등장한 건 2학년 2학기 무렵이었다. 그사이 전교생 수가 절반 넘게 준 것이 가장 큰 원인이었다. 위기의식을 느낀 학교 측은 한국축산고등학교라는 이름을 한국축산경마고등학교로 바꿔 버렸다.

말은 좀 무서웠습니다

교명이 바뀐 것과 동시에 말이 대신 축산 자리를 채우자 성수 씨는 더럭 겁이 났다. 폐교 직전에 놓인 학교를 되살려 놓은 건 기뻐할 일이나 말에게 접근하는 건 쉽지 않았다. 무엇보다도 500킬로그램이 넘는 덩치에 압도당했다. 마치 커다란 장벽 앞에 선 기분이었다.

"그동안 보고 배운 소와 돼지가 식탁용이었다면 말은 레저스포츠

용이었어요. 사정이 그렇다 보니 말은 정감 면에서 제로였고요. 또 말과 함께 지낼 시간이 그렇게 많지 않다는 것도 저한테는 걱정거리 중 하나였죠."

다행히도 수업은 예전에 비해 나은 편이었다. 말에 대해 전문 지식을 갖춘 강사를 외부에서 초빙한 터라 바로바로 숙지되었다. 5월에는 같은 3학년 두 명과 함께 제주도 목장으로 떠났다. 성수 씨에게 목장 견학은 말과 친해지는 더없는 계기가 되었다. 막상 사귀어 보니 말은 소와 달리 늠름함이 돋보였다.

"거칠다는 게 꼭 나쁜 것만은 아니더라고요. 사람도 그렇듯 자존심을 지키려면 뭔가 색다른 성미나 무기를 지녀야 하는 것 아닌가요. 말이 바로 그런 동물이었어요."

제주도 견학에 이어 이번에는 홋카이도로 떠날 기회가 주어졌다. 하지만 성수 씨는 말이 자신의 불만을 드러낼 때 흔히 사용하는 것처럼 앞발로 연신 바닥을 긁어 댔다. 제주도에 비해 견학 기간이 너무 길다는 게 그 이유였다.

"그때 만약 홋카이도를 포기했다면 두고두고 후회했을 거예요. 4주짜리 제주도 견학과 견줘 홋카이도는 그 수준부터가 달랐으니까요."

홋카이도에 도착한 성수 씨는 3주에 거쳐 말 타는 법부터 배웠다. 말과 친해지려면 우선 당사자가 직접 기승을 해 봐야 한다는 게 일본 강사의 주장이었다.

"지상으로부터 150센티미터 높이면 목마를 탔을 때와 크게 다르지 않아요. 그런데 이상한 점은 제주도에서 말을 탔을 때와 홋카이도에서 탔을 때의 느낌이 전혀 달랐다는 거예요. 제주도에서 경험한 낙마가 침대에서 잠을 자다 바닥에 떨어진 기분이었다면 홋카이도는 아파트 1층에서 떨어진 것 같았어요. 그만큼 훈련 강도가 셌다는 뜻입니다."

말잔등에서 전해지는 느낌 또한 예사롭지 않았다. 말이 섰을 때와 움직일 때, 그리고 달릴 때의 느낌이 기승자의 몸에 고스란히 전해졌다.

"원형마장에서 기승을 배울 때 교관이 입버릇처럼 강조한 것이 바로 승마 자세였어요. 교관의 지시대로 상체를 중심축에서 약간 뒤로 젖힌 자세를 취했더니 속도는 물론이고, 기승자의 좌우 체중이 어떻게 달라지는지를 금방 느낄 수 있었죠. 같은 무게라도 기승자의 자세에 따라 말이 느끼는 부담이 달랐던 겁니다."

기승 자세, 두 다리의 위치 등 성수 씨에게 3주는 승마 자세를 익히는 동시에 말의 성질을 알아 가는 값진 시간이었다. 예컨대 그것은 말과 기승자 간의 부조였다. 말을 움직이는 진짜 기술은 재갈과 채찍이 아니라 바로 부조에서 비롯되었다.

"처음 며칠은 걸음조차 뗄 수 없었죠. 말에서 내려오면 마치 토할 것처럼 어지럽죠, 걸음걸이는 기저귀를 찬 것처럼 이상하죠, 그것도 모자라 온몸에 통증이 밀려올 때면 당장 가방 챙겨 한국으로 돌아가고 싶었어요."

그럼에도 불구하고 끝까지 버틸 수 있었던 것은 말 못하는 짐승이 보여 준 어떤 호기심 때문이었다. 지피지기면 백전백승이라고 했던가. 어제에 이어 오늘도 말은 오른쪽 발을 치켜들었다. 내가 아프다는 신호였다.

"소와 다른 점이 하나 있다면 말은 자신의 컨디션을 그때그때 알려 준다는 거예요. 그 신호를 받아들이고 못 받아들이고는 마필관리사의 숙제로 남을 수밖에 없고요."

홋카이도에서의 수업은 장제, 수의, 족보(혈통), 정형, 해부생리학, 말의 역사 등 여섯 과목으로 진행되었다. 그중에서도 귀가 솔깃한 과목은 족보, 즉 말의 혈통과 관련한 수업이었다.

"말의 오장육부를 다룬 해부생리학 수업이 끝나 갈 즈음이었어요. 말의 족보에 따라 인지능력이 달라진다는 교관의 말에 정신이 번쩍 들었죠. 경주마의 가격이 천차만별인 이유도 바로 혈통 때문이라는 설명이 뒤따랐거든요."

성수 씨 말에 문득 떠오른 영화는 〈드리머〉였다. 11전 7승의 전적을 갖고 있는 소냐(말의 이름)가 벌어들인 상금만도 3백만 달러. 소냐의 아버지는 다름 아닌 1996년 두바이 월드컵에서 우승한 드림캐처였었다.

3개월의 견학 수업을 마치고 일본에서 돌아오니 졸업식이 기다리고 있었다. 함께 간 3명 중에서 제일 먼저 승마장에 취업한 사람은 동헌이었다.

"동헌이처럼 저도 하루빨리 취업하고 싶었지만 그 무렵 학교 사정이 여의치 못했어요. 일본에서 배운 것을 1, 2학년 후배들에게 가르쳐 달라는 학교 측 제안을 차마 거절할 수 없었죠."

그렇게 두 달여를 학교에서 머물며 후배들을 가르친 성수 씨는 곧 떠날 채비를 했다. 폐교 직전에 놓인 학교를 가까스로 구해 낸 우청화 교사가 부르더니 얼마 전 김해에 경마장이 문을 열었다며 제자의 등을 떠밀었다.

새벽 5시 오후 5시

김해경마장에 도착하니 낯익은 얼굴이 두엇 보였다. 잠시 학교에 남아 후배들을 가르칠 때 방문한 적 있는 한국마사회 소속 조교들이었다.

"얼마나 반가웠는지 모릅니다. 그 무렵 김해경마장이 막 개장을 앞두고 있어 정말 어수선했거든요. 더구나 저로서는 한국축산고등학교가 한국축산경마고등학교로 교명이 바뀌면서 졸지에 제1회 졸업생이 되고 말았잖아요."

짐을 풀기 바쁘게 다음 날부터 말에 대한 기초교육과 일반관리사 교육이 시작되었다. 그 과정을 무사히 이수한 성수 씨는 비로소 마필관리사로서 첫발을 내디뎠다.

"1년여쯤 지났을까요. 이제 막 마사 일에 재미를 붙여 가고 있는데 입영통지시서가 날아왔지 뭐예요. 응당 저로서는 아쉬움이 클 수밖에 없었습니다. 150(만 원)에서 출발한 급여가 180으로 올랐으니 얼마나 속상했겠어요. 2004년도에 그 정도 액수면 대학 졸업자 초봉과 맞먹었단 말이에요."

2005년 3월에 입대한 성수 씨는 강원도 홍천에서 복무했다. 그러나 축산기능 자격증을 취득했다는 이유로 취사반에 배치된 그로서는 하루하루가 고역이 아닐 수 없었다. 밥을 한 번 지어 봤나 그렇다고 칼질을 해 봤나, 설익은 밥을 내놓자 기다렸다는 듯이 고참들의 주먹이 날아왔다.

"군대라는 곳이 그렇더라고요. 지들이 차출해 놓고 조져 대니 받아들일 수밖에요."

울며 겨자 먹기로 한 가지 감사한 것은 점호열외였다. 특히 혹한기 훈련 때 점호열외는 그동안 한 번도 받아 본 적 없는 상장을 손에 쥔 기분이었다.

제대와 함께 성수 씨는 김해경마장에 재입사했다. 입대 전과 비교하니 경마장에서는 조별 경쟁이 치열했다.

"32조로 이뤄진 김해경마장은 격차가 들쭉날쭉한 편이에요. 어떤 조는 주말마다 우승을 하는가 하면, 어떤 조는 한 달 내내 죽만 쑤기도 해요."

입대 전으로 돌아간 성수 씨는 재갈, 음성부조, 방향전환 지시, 기승 등 다시 시작하는 마음으로 일과를 보냈다. 말과 정들고 말과 교감하는 일이 무엇보다 시급했다.

매해 9월 초면 구절(뼈)·심폐·지구력(근력) 강화를 목적으로 대부분의 말에게 수영을 시키는데, 그날도 수영 조교를 마치고 마사로 돌아가는 길이었다. 그런데 흥분한 말이 눈 깜짝할 사이에 성수 씨의 흉부를 가격하고 말았다.

"구급차에 실려 도착한 병원에서 간 출혈이라고 말할 때 어찌나 화가 나던지요. 말귀 알아듣는 사람이었다면 한 대 콱 쥐어박고 싶었습니다."

물론 모르지 않았다. 이 모든 불상사가 자신의 부주의에서 비롯되었음을. 말과 함께 있으면서 방심하는 것은 공격의 빌미를 제공하는 것과 다르지 않기 때문이다.

퇴원을 하고 며칠 지나서였다. 그동안 쌓인 스트레스도 풀 겸 근처 피시방을 찾은 성수 씨는 걸음을 멈췄다. 카운터를 지키는 한 여성 때문이었다. 아르바이트 학생? 처음 보는 여자였다.

"그냥 이쁘다는 것과 한눈에 꽂힌다는 건 좀 다르더라고요."

다음 날 피시방을 다시 찾은 성수 씨는 가장 구하기 쉬운 음료수

공세로 나섰다. 두 병을 사면 한 병을 그녀에게 건넸다. 그러기를 벌써 한 달째. 대시가 필요한 시점이라 여긴 그는 먼저 자신의 직업과 학력을 털어놓았다. 단순한 연애 감정에서 비롯된 사랑이었다면 또 모를까, 무슨 까닭인지 그녀를 보고 있으면 가슴 저 밑바닥이 쿵쿵거렸다. 만에 하나 자신을 받아만 준다면 저 여자와 꼭 결혼하고 싶었다.

"그때 제 나이 스물넷이었으니 한창 연애할 때 아닌가요. 그런데도 그 여자를 보는 순간 적어도 먹여 살릴 수 있다는, 직업에 대한 자부심이 있었기에 결혼을 먼저 생각하지 않았나 싶어요."

두 사람 사이에 오작교를 놓아 준 건 뜻밖에도 말이었다. 말과 관련한 이야기를 들려주자 그녀도 의자를 바싹 당겨 앉았다.

제2막이 필요한 시점이었다. 나름 기회를 찾는 중인 성수 씨는 한 날 그녀를 마사로 초대했다. 백문이 불여일견이라고 자신이 일하는 현장을 그녀에게 직접 보여 주고 싶었다. 반응은 나쁘지 않았다.

"그때 대학생이었던 여자 친구는 지금 유치원 교사로 있어요. 양가 어른들께는 이미 결혼 승낙을 받아 놓은 상태고요."

그런데 일이 좀 난처해지고 말았다. 성수 씨 쪽이 문제였다. 월요일 오후부터 한나절 반 동안 휴일이 주어지다 보니 주말에 둘이서 어디를 간다는 게 생각처럼 쉽지 않았다. 천만다행으로 그 고비를 무사히 넘길 수 있었던 건 여름과 겨울에 주어지는 성수 씨의 일주일짜리 휴가였다. 여자 친구도 여름과 겨울에 방학이 주어지는 터라 성수 씨로서는 기사회생의 찬스가 아닐 수 없었다.

그렇다고 해서 여자 친구를 향한 미안한 마음이 빨래를 헹굴 때처럼 말끔히 씻긴 것은 아니다. 새벽 4시경 출근길에 오르는 성수 씨는 내년 가을에 결혼식을 올리면 아파트 현관문부터 단단히 단속할 거라며 너스레를 떨었다.

"출근한 사이 나쁜 놈들이 쳐들어 와 하나밖에 없는 아내를 업어 가면 어쩝니까."

달려라, 말아!

커피숍에서 나와 인근 고깃집으로 자리를 옮겼다.

"남들은 자신의 직장에 대해 어떤 생각을 품고 사는지 모르겠지만 저는 억수로 만족해요. 아무나 가질 수 있는 직업이 아니기에 긍지도 있고요."

그러면서 성수 씨는 이 직업을 가진 뒤로 잊고 지낸다는 경조사 이야기를 꺼냈다.

"결혼식이 주로 주말과 주일에 있잖아요. 마음은 굴뚝같지만 주말과 주일은 경주가 있는 날이어서 단 십 분도 뺄 수 없어요. 결혼식보다 더 급한 상갓집 문상 역시 마찬가지고요. 새벽에 출근하기 때문에 거리가 멀 경우 참석은 불가능하죠."

딱 한 번 단짝친구 부친이 상을 당해 고향에 다녀온 적이 있었다. 일을 마치고 남원에 도착하니 밤 10시였다. 서둘러 문상만 마치고 장례식장을 빠져 나온 성수 씨는 차마 친구의 얼굴을 볼 면목이 없었다.

"갑자기 아버지를 잃은 친구 곁에 좀 더 오래 있어 주지 못해 너무 미안했어요. 다음 날이 주말이라서 뭐라 변명조차 할 수 없었고요. 그런데 참 이상하죠. 다음 날 잠 한숨 못 자고 버텼는데도 몸은 하늘을 나는 것 같았어요. 이제야 비로소 사람다운 구실을 했다는, 아무튼 굉장히 큰일을 치른 기분이었어요."

경주마는 보통 1회 출전에 열흘 이상의 휴식기를 갖는다. 여기에 대해서 묻자 성수 씨는 경주마는 달리는 운명을 갖고 태어나 충분한 휴식이 필요하다고 했다.

"경주마가 한 차례 경주에 쏟아부은 에너지를 채우는 건 여성의 산후조리 기간과 비슷해요. 최하 열흘 정도 휴식기를 가져야만 다음 경주를 뛸 수 있어요."

경주마의 생명은 곧 네 다리여서 말발굽 사이에 긴 이물질을 제거할 때 각별히 신경을 쓴다는 말에 이르러서였다. 대학 이야기를 꺼내자 성수 씨가 그만 껄껄껄 웃고 말았다.

"요즘 널리고 널린 게 대학 아닙니까? 게나 고동이나 너나없이 다 가는 바람에 주식으로 치면 벌써 몇 넌째 바닥을 치고 있고요. 제 자랑하는 것 같아 입을 다물고 있었지만, 저 이래 봬도 해마다 스카우트 제의를 받는 곳이 한두 곳이 아닙니다. 오라는 경마장이 너무 많아서 걱정이지요."

성수 씨는 현재 위로 둘, 아래로 다섯을 둔 중간 고참이다. 물론 지금의 스펙을 쌓기까지 하루도 궂은일을 마다하지 않았다. 특히 겨울

"남들은 자신의 직장에 대해 어떤 생각을 품고 사는지 모르겠지만 저는
억수로 만족해요. 아무나 가질 수 있는 직업이 아니기에 긍지도 있고요."

철이면 도지는 동상 때문에 알 수 없는 회의감마저 들었다.

"입사하고 두세 달 지났을까. 남원으로 돌아가려고 가방을 싸는데 팀장님이 이 말을 들려주었어요. 말에 앞서 자신을 관리할 줄 아는 사람이 나중에 제대로 된 마필(관리사)이 될 수 있다고요."

그러고 보니 오전에 찾아간 10조 D2 마사는 분위기가 화기애애했다. 하나같이 형과 아우로 통성명을 주고받았다.

"숱한 스카우트 제의에도 불구하고 왜 지금의 자리를 지켰는지 아세요? 지금의 팀장님과 부팀장님 때문이었어요. 나중에 우리 10조 회식할 때 초대할 테니 꼭 한번 오세요. 아마 그때 보시면 알 거예요. 우리 10조가 왜 한 배에서 태어난 형제들 같은지."

지난봄에 친목회를 결성한 것도 사실은 그 영향이 컸다. 김해경마장에서 마필관리사로 일하는 학교 후배만도 벌써 십여 명. 성수 씨는 오래전의 기억을 떠올리며 어떻게든 후배들과 호형호제로 지내려 노력했다. 그리고 또 다른 이유가 하나 있다. 비록 경조사에 직접 참석하지 못하더라도 친목회를 통해 십시일반으로 사람의 도리는 하고 싶었기 때문이다. 그랬다. 그는 적어도 그렇게 자신의 일에 최선을 다하고 있었다.

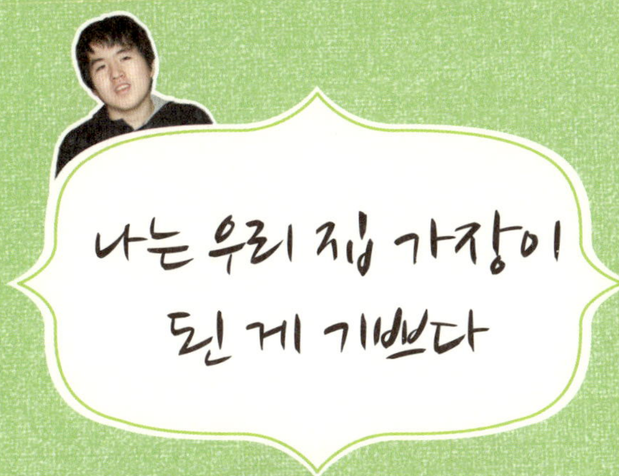

밥줄 | 과연 최종까지 갈 수 있을까 | 삼천포를 떠나 보령으로 | 모의고사와 자격증
우리나라 대학은 마트보다 더한 것 같아요 | 이 직장이 좋습니다

대천역 주변은 왠지 스산해 보였다. 흔한 카페조차 보이지 않았다. 강성문 씨가 나타난 건 약속시간보다 20분 늦은, 4시 반경이었다. 올해 스무 살인 그는 단아한 체구에 아직 소년의 모습을 간직한 채였다.

택시를 잡으려 하자 성문 씨가 '데이(오전 7시부터 오후 3시 30분까지 하는 근무)'를 마치고 오는 길이라며 걷자고 했다. 이곳에서 시내까지 걸어서 20분이면 충분하다며.

"보령화력발전소는 휴일이 사흘 간격으로 주어지죠. 3일간의 데이가 끝나면 하루 쉬었다 애프터(오후 3시 30분부터 10시 30분까지 하는 근무)를 들어가고, 애프터가 끝나면 나이트(오후 10시 30분부터 다음 날 오전 7시까지 하는 근무)로 이어집니다."

밥줄

2011년 2월 보령화력발전소에 입사할 무렵 성문 씨는 마음이 좀 뒤
숭숭했다. 그동안 한 번도 떠나 본 적 없는 삼천포를 곧 떠나야 한다
고 생각하니 좀처럼 발길이 떨어지지 않았다.

"제 전공이 선박과 관련한 기계조립이어서 취업도 당연히 조선소
쪽으로 될 줄 알았어요. 그런데 그게 마음처럼 잘 되지 않았습니다."

그보다 먼저 삼천포공고를 졸업한 성문 씨에게 첫 직장은 매우 씁
쓸한 기억으로 남아 있다. 사실 거제에 있는 삼성중공업 협력업체에
입사할 때만 해도 그는 잔뜩 꿈에 부풀어 있었다. 그러나 입사 초기

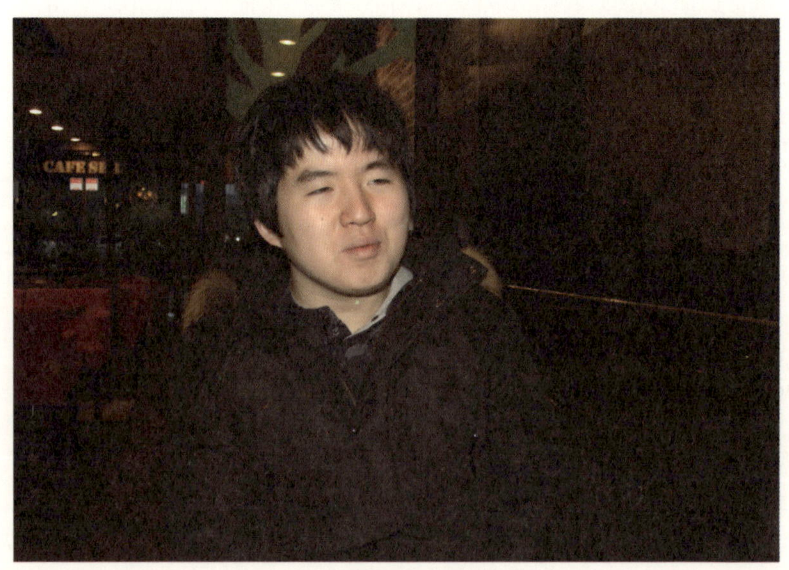

에 불어닥친 불황은 만회가 어려워 보였다. 사내에 인력을 감축한다는 괴소문까지 나돌았다.

"실습생 신분으로 갓 입사한 저에게 인력 감축은 굉장히 생소한 단어였죠. 사내에 좋지 못한 소문이 나돌 때도 그냥 웃어넘기고 말았으니까요. 그런데 어느 날부턴가 아저씨들 입에서 '밥줄'이라는 말이 튀어나왔습니다."

퇴근길에 오른 성문 씨는 요 며칠 아저씨들이 불안에 떠는 밥줄에 대해 잠시 생각해 보았다. 일순 굴러온 돌이 박힌 돌을 빼는 것 같아 마음이 영 편치만은 않았다. 기어이 올 것이 오고야 만 것일까. 근로연수가 많은 연장자 순으로 자른다는 소식에 성문 씨는 마음을 굳게 먹었다. 하루라도 빨리 자신이 먼저 결정을 내리지 않으면 누군가 대신 피해를 볼 것 같았다.

"입사 3개월 만에 그런 일을 겪어서 그런지 좀 어리둥절하긴 했어요. 공고생에게 현장실습은 인턴 과정과 다름없기 때문에 매우 중요한 시기라고 할 수 있거든요. 그때 저랑 함께 사직서를 제출한 친구는 이런 말까지 했어요. 첫 직장에 제출한 사직서가 다음 직장을 구할 때 좋지 못한 걸림돌이 될 수도 있다고요."

아닌 게 아니라 닷새 뒤 입사지원서를 제출한 조선소로부터 불합격 소식을 전해들은 성문 씨는 불길한 예감을 떨치지 못했다. 친구의 말대로 첫 직장에 제출한 사직서가 벌써 며칠째 머릿속에서 떠나지 않았다.

"취업을 준비하는 쪽에서 보면 당연히 그런 마음을 갖지 않을까요.

아무튼 찝찝한 건 사실이었죠."

집에서 잠시 쉬고 있을 때였다. 취업 담당 교사로부터 전화를 받은 성문 씨는 선뜻 마음을 정하지 못했다. 마치 이쪽과 저쪽의 경계에 서 있는 기분이었다.

"화력발전소에 제출할 입사지원서를 준비하라는 말에 혼자서 그냥 웃고 말았습니다. 붙을 확률에 비해 떨어질 확률이 훨씬 더 높았으니 까요."

그런 성문 씨의 마음을 움직인 데는 그동안 공부한 전공이 한몫을 했다. 다른 건 차치하고라도 기계조립만큼은 언젠가 한번 꼭 그 기회 가 주어지길 바랐다. 그리고 삼성중공업 협력업체에서 근무할 때 깨 달은 바지만 학교 실습과 현장은 그 격차가 어마어마했다.

"그동안 학교에서 배운 게 이론적 컵이었다면 현장은 이미 전문화 된 컵이었죠. 단단해야 하고, 가벼워야 하고, 깨지지 않아야 하는."

뿐만 아니라 현장은 전쟁터를 방불케 했다. 학교 실습 과정에서 나 타나는 실수는 다음 날 만회하면 되지만 현장은 그마저도 용납하지 않았다. 만에 하나 오착을 일으켰을 경우 거기에 따른 책임과 대가가 반드시 뒤따랐다.

"사직서를 제출한 날 한 아저씨가 이런 말을 들려주었죠. 밥은 노동 을 팔아 언제든 벌 수 있지만 밥줄을 좀 다르다고요. 밥줄을 지키기 위해서는 우선 최대한 오착을 줄여야 한다고 했어요."

불길한 기억들을 말끔히 씻어낼 전화위복의 기회가 찾아온 것일까. 방금 통화를 마친 성문 씨는 숨이 멎는 것 같았다. 그만큼 화력발전소는 자신이 넘봐서는 안 될 성역이나 다름없었다.

"공부 좀 한다는 친구들이 3학년 초에 벌써 우수 업체로부터 콜을 받아 떠난 뒤여서 더욱 실감이 나지 않았어요. 노른자위는 이미 그들의 차지가 돼 버렸다고 할까요."

과연 최종까지 갈 수 있을까

2011년 3월 성문 씨는 마침내 상경길에 올랐다. 화력발전소 본사는 마포에 있었다.

서류전형에 이은 2차 필기시험은 까다롭기도 하거니와 그 범위만도 한두 과목이 아니었다. 그중에서도 언어, 수리, 추리능력, 공간지각, 판단력, 창의력은 눈에 익지만 인적성은 생소한 과목이었다.

"오후까지 계속된 영어를 끝으로 모든 시험을 마쳤을 때 머릿속이 감전된 줄 알았어요. 전체 과목에서 십여 개 정도요? 더 이상은 아무리 생각해도 시험문제가 잘 떠오르지 않았죠."

대신 필기시험을 무사히 마쳤다는 후련함과 아쉬움 속에 아버지의 얼굴이 잠깐 스쳐 지나갔다. 택시 기사로 일했던 아버지가 간암으로 세상을 뜬 건 성문 씨의 나이 열다섯 살 무렵이었다. 어머니는 이제부터 우리 집 가장은 바로 너라며 간간이 힘을 실어 주었지만 정작 성문 씨는 학원을 다니는 친구들이 부러워 견딜 수 없었다. 단 며칠이라도 좋으니 방과 후 같은 반 친구들을 학원에서 다시 보고 싶었다.

그러고 보니 커피숍에 들어온 이후 가장 어두워 보이는 표정이었다. 고개를 떨구는 횟수가 늘면서 침묵 또한 길어졌다. 그렇게 십여 분쯤 지났을까. 이야기가 갑자기 고등학교 시절로 접어들면서 성문 씨의 음성이 날을 세웠다.

"2학년 1학기는 담임에게 얻어맞은 기억이 전부일 정도로 너무 힘든 시간이었어요. 반 친구들 다 가는 수학여행 빠진다며 때리고, 시험 때면 성적 처졌다고 때리고……."

그때마다 성문 씨는 자신이 과묵한 아버지의 성격을 닮은 게 싫었다. 차라리 오지랖 넓은 어머니 쪽을 더 많이 닮았다면 이렇듯 담임 앞에서 샌드백처럼 얻어맞지는 않을 것 같았다.

"그렇다고 아버지가 밉거나 싫은 건 아니었습니다. 가능하면 어머니의 성격을 더 많이 닮고 싶었던 게 사실이에요. 어제도 전화를 했더니 어머니는 시시콜콜, 옆집 개 이야기까지 들려주었죠."

아버지가 한 그루 나무였다면 어머니는 그 나무의 잎들을 춤추게 하는 바람이었을까? 아버지가 떠난 뒤에도 어머니는 항상 웃는 얼굴로 아침을 맞고 아들의 등을 도닥여 주었다.

다들 이런 걸까 아니면 나만 이런 걸까? 시험을 칠 때보다 그 결과를 기다리는 시간이 더 초조했다. 다른 직장을 알아보려 해도 선뜻 마음이 내키지 않았다. 서울 본사 홈페이지를 통해 합격자 명단을 확인한 건 오후 2시경이었다. 직접 전화를 걸어 자신의 이름을 재차 확인한 성문 씨는 이게 꿈인지 생신지 모른 채 흘러내리는 눈물을 감출 수 없었다. 제일 먼저 떠오른 사람은 어머니였다.

"2차 시험 발표 전날 어머니가 이런 말을 하시더라고요. 우리 집 장남이 너무 힘들거나 큰일을 앞두고 있을 때 아버지께서 꼭 한 번은 도와줄 것이라는……"

어머니에게 전화를 걸어 합격 소식을 전한 성문 씨는 벽에 걸린 아버지의 영정사진을 손으로 어루만져 보았다. 오늘은 이렇게 아버지와 단둘이서 실컷 한번 울어 보고 싶었다.

입사지원서를 제출한 게 엊그제 같은데 그새 한 달이 지나고 있었다. 면접시험을 위해 서울로 향하는 버스 안에서 성문 씨는 인간의 도리와 규범에 대해 잠시 생각을 가다듬었다. 2차 시험 합격 후 화력발전소 본사 홈페이지를 수시로 접속했지만 뜻밖에도 윤리에 대한 강령이 대부분이었다.

"본사 홈페이지를 처음 접속했을 때 솔직히 좀 헷갈렸던 게 사실이에요. 아무리 생각해 봐도 전력과 윤리는 맞는 구석이 전혀 없었다고 할까요. 그런데 어느 날 곰곰이 생각해 보니 본사 홈페이지는 전력과 관련한 직원들의 태도를 묻고 있었습니다."

순간 성문 씨는 걱정이 앞섰다. 국·영·수만을 최고로 치는 일반고처럼 실업고 역시 윤리는 흔히들 하는 말로 별 볼일 없는 과목에 불과했던 것이다.

단 한순간도 긴장을 늦출 수 없는 3차 면접시험을 무사히 마친 성문 씨는 일곱 명의 시험 동료들과 함께 보령으로 떠났다. 이제 마지막 관문인 인턴 과정이 기다리고 있었다.

삼천포를 떠나 보령으로

보령화력발전소에 도착하니 오후 4시. 두 시간에 거쳐 견학을 마치자 숙소가 배정되었다. 꽤 고단한 일정이었는데도 성문 씨는 엎치락뒤치락 잠을 이루지 못했다. 오늘 따라 삼천포가 외딴섬처럼 느껴졌다.

"삼천포라는 지명이 곁길로 빠지거나 어떤 일을 하는 도중에 엉뚱하게 그르치는 경우에 빗대서 말하는 것이잖습니까. 그런데 첫날 밤은 오히려 보령이 그렇게 느껴졌어요. 기차를 잘못 갈아탄 바람에 전혀 엉뚱한 곳으로 끌려온 기분이었죠."

앞으로 진행될 인턴 과정에 대한 설명회가 끝난 뒤였다. 순간 성문 씨는 가슴이 철렁 내려앉았다. 기계조립은 그나마 자격증을 소지하고 있어 마음이 놓였지만 전기는 생소한 분야였다. 숙소로 돌아온 그는 우선 7시간 자던 잠을 3시간으로 줄였다. 현재로선 암기 말고 다른 방법이 없었다.

인턴 과정에서 큰 힘이 되어 준 건 다름 아닌 동료들이었다. 전국 각지에서 모인 7명의 교육생 중에는 대학 졸업자가 4명이었는데, 그들은 하나같이 성문 씨를 친동생처럼 아껴 주었다. 전기에 문외한인 성문 씨가 귀찮게 구는데도 싫은 내색 한 번 하지 않았다.

"문득 이런 생각이 들기도 했어요. 만약 이곳이 학교였다면 어땠을까. 서로 높은 점수를 받기 위해 전쟁을 치르지 않았을까요? 친구 따위는 뒷전인 채 말이죠."

성문 씨는 그 해답을 윤리에서 찾을 수 있었다. 예컨대 윤리란 자신

을 더 투명하게 하는 동시에 상대를 배려할 줄 아는 것이었다. 동료들의 솔선수범에서 그는 이타의 중요성을 배웠다.

인턴 과정 1차 교육은 터빈(turbine)이 주를 이뤘다. 터빈은 물·가스·증기 등 각종 유체가 갖는 에너지를 꺼내서 기계적인 동력으로 변환하는 것인데, 바로 이 원리를 통해 전기가 어떻게 생산되는지를 알 수 있다. 4주에 거쳐 각종 터빈 과정을 익힌 성문 씨는 곧이어 현장에 투입되었다. 지금부터 진행되는 과정은 이해력을 높이기 위한 질문과 토론의 시간으로, 그는 이 과정에서 2개월간 데이·애프터·나이트를 번갈아 오갔다.

"4주간 진행된 이론 과정에 비하면 현장실습은 두 배로 힘들었어요. 아직 적응이 안 된 3교대 근무 때문이었던 것 같아요."

그사이 계절도 봄에서 가을로 바뀌어 있었다. 마침내 자신의 도전을 꿈으로 일궈 낸 성문 씨는 벅찬 감동에 사로잡혔다.

"6개월 과정이 정말 꿈만 같았죠. 몇 번이고 뒷걸음쳤던 큰 산을 이제야 넘은 기분이었다고 할까요. 무엇보다 반가운 건 동료 일곱 명이 모두 최종 합격의 영광을 누렸다는 거예요."

그로부터 사흘 뒤, 서울 본사로 올라가 사장과 함께 점심을 먹는 자리였다. 순간 성문 씨는 자신의 심장박동 소리가 여느 때와 다르다는 걸 느낄 수 있었다.

"발령지 때문이었어요. 서울을 비롯해 마산, 평택, 제주, 보령 등 아홉 개의 화력발전소가 있는데, 저는 보령을 원했습니다."

"특별한 이유라도 있었나요? 마산으로 발령이 나면 무엇보다 집이 가깝잖습니까."

"거리상으로 보면 그럴 수도 있지만 적응할 자신이 없었어요. 다른 동료들도 저랑 같은 입장이었고요. 그사이 정이 들었던지 모두 제1 지망으로 보령을 원했습니다."

여기서 잠깐 물어볼 게 있었다. 인턴 과정에서 받은 급여였다.

"120만 원을 받아 100만 원은 집으로 보냈죠. 어머니와 함께 사는 동생이 제 뒤를 이어 삼천포공고에 재학 중인데요, 다른 건 몰라도 수학여행만큼은 꼭 보내 주고 싶었어요."

자신이 바랐던 보령으로 발령을 받아 사택을 다시 배정받는 날이었다. 1인 1가구가 원칙이지만 성문 씨는 입사동기 셋과 같이 지내기로 했다. 자신을 포함한 세 명 모두 공고 졸업에, 가정형편마저 비슷비슷해 곧 의기투합이 되었다.

입사 첫 한 달은 숨 돌릴 겨를이 없었다. 협력업체를 제외한 사내 직원만 1,000여 명. 휴일 때면 성문 씨는 죽은 듯이 잠만 잤다. 인턴 때와 달리 정사원이 된 뒤로는 아주 미미한 실수에도 각 부서의 선참들이 제동을 걸었다. 너 한 사람으로 인해 대한민국이 칠흑 같은 어둠에 휩싸일 수도 있다는 게 그 이유였다. 상황이 그렇다 보니 입사 초년생인 성문 씨에게는 하루하루가 긴장의 연속이었다.

출근 3주째가 되는 날이었다. 선참들의 고언을 증명이라도 하듯 마침내 일이 터지고 말았다.

"9월로 접어들면 전국의 발전소들이 발전기 점검 기간에 들어가요. 그런데 지난해 9월은 그 누구도 예상치 못한 일이 발생하고 말았죠. 그것도 추석을 며칠 앞두고 대형사고가 터지는 바람에 비상체제로 돌입해야 했습니다."

성문 씨 말대로 2011년 9월 15일은 대한민국 전력 역사에서 씻을 수 없는 오점을 찍은 날로 기록되고 말았다. 기온이 갑자기 상승한 것도 문제였지만 50년 만에 발생한 초유의 정전사태라는 점에서 한바탕 홍역을 치러야 했다.

"지난해 9월을 생각하면 지금도 등골이 오싹해요. 추석에 집에 내려가려고 버스표를 예매했다가 비상령이 떨어지는 바람에, 꼬박 사흘을 속옷마저 갈아입지 못한 채 자리를 지켜야 했으니까요."

매도 먼저 맞는 게 낫다고 했던가. 보령에서 발생한 정전사태는 아니었지만 발전소가 다시 보였다. 초를 다퉈 공장의 기계들이 작동하고 가정의 전등이 켜지는 데 일익을 담당하고 있는 성문 씨로서는 한시도 긴장을 놓을 수 없었다. 마음의 여유를 되찾은 건 그로부터 한 달쯤 지나서였다. 마침내 인턴 꼬리표를 떼고 나니 비무장지대의 지뢰밭을 벗어난 기분이었다. 그사이 급여도 120에서 170만 원으로 대폭 상승했다.

모의고사와 자격증

한 달 간격으로 삼천포를 다녀온다는 성문 씨의 얼굴 표정이 썩 밝지만은 않았다. 마치 투정을 부리는 소년처럼 그의 목소리가 잔뜩 부어 있었다.

"보령에서 삼천포까지 거리가 만만치 않더라고요. 데이를 마치고 출발하면 밤 10시경 집에 도착하는데, 다음 날 점심을 먹고 나면 보령으로 돌아갈 준비를 해야 해요."

차에서 보내는 시간만 왕복 11시간. 성문 씨는 무엇보다도 고향에 남은 친구들과 좀 더 많은 시간을 보낼 수 없다는 점이 늘 아쉬움으로 남았다. 그런가 하면 이 점은 같이 지내는 두 명의 입사동기 또한 예외일 수 없다. 마치 숨바꼭질이라도 하듯 성문 씨가 데이를 마치고 돌아오면 다른 동료가 애프터를 나가고 없거나, 한숨 자고 일어났을 적엔 또 다른 동료마저 이미 출근한 뒤였다.

"호텔 프런트 벽에 걸린 여러 개의 시계를 보는 것 같았다고 할까요. A인 나는 한국에, B는 아랍 지역에, 그리고 C는 북미 지역에 사는 것 같았죠."

이래 결혼을 서두르는 걸까. 150여 명의 직원이 기거하는 사택에 미혼자는 여남은뿐, 바로 이럴 때 성문 씨는 까닭 모를 외로움에 빠져들곤 한다.

"삼천포에서 지낼 때는 하루걸러 농구를 했지만 보령으로 온 뒤로는 공 한 번 만져 보지 못했어요. 농구를 하려면 적어도 네 명은 있어야 하는데, 평일에 사람을 찾는 일이 정말 어렵더라고요. 결혼한 직원들은 주로 테니스를 치죠."

사정이 이렇다 보니 자연 바보상자라 일컫는 텔레비전과 친해질 수밖에 없었다. 인터넷으로 시청하는 프리미어리그, 분데스리가, 프리메라리가 등 세계 프로축구 경기는 그나마 일상에 적잖은 활력소가 되었다.

"지금도 집으로 매달 100만 원씩 보냅니까?"

"네. 집으로 보내고 남은 돈은 따로 적금을 넣고 있어요. 다른 사람들 쉬는 날 근무를 하는 터라 먹는 것 말고는 특별히 쓸 데가 없더라고요."

보기 드물게 성문 씨는 또래들과 조금 다른 세계를 살아가는 듯했다. 자고 나면 바뀌는 유행에 몹시 인색하달까. 옷도 그렇고 신발도 그렇고, 유명 브랜드와는 거리가 멀어 보였다. 대신 그는 요즘 고등학교 시절에 읽은 베르나르 베르베르의 책을 다시 읽는 중이라고 했다.

성문 씨가 프랑스 출신의 이 작가를 만난 건 고 3 때였다. 생물, 과학, 공상 등 다양한 세계를 소설에 담아내는 베르나르 베르베르의 작품들은 저자와 독자 간의 정서적 공감대를 형성할 수 있어 좋았다. 특히 작가의 관찰력이 돋보였다.

"특히 『나무』라는 책이 인상적이었어요. 작가의 돋보이는 관찰력 탓인지 그동안 잊고 지낸 기억들이 꽤 많이 되살아났습니다."

못내 그리운 것은 삼천포에 두고 온 추억들이었다. 그중에서도 방과 후 실습 때 끓여먹었던 라면은 가슴을 훈훈하게 했다. 실습실이 추운 나머지 콧물을 흘려 가며 후루룩 후루룩 한 그릇 라면으로 언 몸을 녹이곤 했는데, 겨울은 그래서 따뜻했다. 라면을 나눠 먹을 친구들과 함께라면 세상 어디든 좋았다.

성문 씨 입에서 학원 이야기가 다시 튀어나온 건 커피숍에 들어온 지 두 시간 남짓 지나서였다. 그러니까, 중학교 입학과 함께 반을 정하는 날이었다. 신입생들이 모인 자리에서 은테 안경을 쓴 교사가 학원을 다니는 학생들은 오른쪽에, 다니지 않는 학생들은 왼쪽으로 가 앉으라 했다. 순간 성문 씨는 어찌할 바를 몰랐다. 이럴 때는 차라리 어디론가 멀리 달아나고 싶었다.

"왼쪽에 비해 오른쪽 수가 월등히 많다 보니 고개를 들 수가 없었어요. 뭐랄까요, 돌이킬 수 없는 죄를 지은 뒤 엄한 벌을 받는 기분이었다고 할까요."

반면 고등학교 입학 무렵은 마음이 홀가분했다. 입학 전에 이미 인문

"저는 우리 집의 가장이 된 게 제일 기쁩니다.
아버지의 마음을 조금은 알 것도 같고요."

계고와 실업계고로 나뉜 터라 줄 서는 고통을 덜어 주었다. 학교 울타리 안에서까지 들이대는 세상의 잣대는 얼마나 가혹한 처벌이었던가.

"고등학교 시절에는 수능모의고사 때문에 잠깐 시무룩해진 적이 있어요. 동네 친구들과 농구를 하던 중 일반고를 다니는 친구들 입에서 수능 이야기가 나오면 저도 모르게 괜히 갭(gap)이 생기더라고요. 쪽팔리기 싫어 우리들도 자격증을 꺼내 들긴 했지만, 그게 또 얼마나 우스운 일입니까."

그런 날은 문득 이런 생각이 들곤 했다. 세상은 오래전부터 누군가 정해 놓은 룰(rule)에 따라 진행되는 것 같다는.

"학교를 다니는 이유가 우등생들을 더 빛내 주기 위해서였다고 할까요. 이 점에선 선생님들도 크게 다르지 않았어요. 가난한 집 학생이 공부를 잘하거나 부잣집 학생이 공부를 좀 못하는 것까지는 괜찮지만, 이 둘 중 하나라도 갖추지 못했을 경우엔 선생님의 표정이 한순간에 달라졌거든요."

우리나라 대학은 마트보다 더한 것 같아요

고등학교 졸업자 10명 중 8명 이상이 대학에 진학하는 우리나라의 현주소를 물었을 때다. 성문 씨의 대답이 그만 싸늘해지고 말았다.

"우리나라 대학은 대형마트를 닮은 것 같아요. 꼭 필요해 산 물건이 아니라 A라는 사람이 사니까 덩달아 B라는 사람도 사게 되는, 일종의 충동구매라고 할 수 있죠."

문제는 그 이후였다.

"그나마 마트는 상품을 구매한 뒤 그 상품에 문제가 있을 경우 교환과 환불이 가능하지만 대학은 그마저도 어렵잖아요."

그런 그가 이번에는 실업계고에 대해 일침을 놓았다.

"실업고가 살아남으려면 먼저 교사부터 바뀌어야 한다고 봐요. 학교에서 배운 3년 과정의 결과물을 직장에서 어느 정도 활용할 수 있는지 아세요? 절반에도 못 미쳐요."

삼성중공업 협력업체에서 잠깐 일할 때였다. 현장 직원의 첫마디는 늘 이런 식이었다. 괜찮은(성실·끈기) 학생만 보내라, 나머지는 우리가 알아서 가르친다.

"솔직히 고백하면, 학교 교사와 전문직 상사는 그 설명부터가 달랐어요. 듣고 있으면 귀에 팍팍 꽂혔습니다."

"학력 때문에 차별을 받았던 적은 없나요?"

"조선소에서 일할 때 대학을 갓 졸업한 관리자가 있었는데, 상대방 나이에 상관없이 아주 막대했어요. 잘리고 싶지 않거든 똑바로 하라며 엄포를 놓은 게 한두 번이 아니었고요. 정말 화가 나는 건 거의 일방적으로 현장 근무자들을 깔아뭉개고도 일말의 가책조차 느끼지 않는다는 거예요. 그는 늘 이런 식이었어요. 아니꼽거든 공부해서 출세하라는."

여기까지 이야기를 마치고 커피숍에서 나왔을 때다. 초저녁 도심은

아직 한산했다. 저녁 식사 메뉴를 묻자 성문 씨는 얼마 전 회식 자리
에서 술을 너무 과하게 마셔 속이 좀 거북스럽다고 했다. 해서 찾아간
곳은 동대동에 있는 횟집이었다.

"술을 얼마나 마셨는데요?"

"다섯 잔 이상 마셨을 겁니다."

맥주 다섯 잔이면 한 병 반? 터져 나오려는 웃음을 꾹 눌러 참았다.

"숙소를 보고 싶은데 가능할까요?"

"그게, 저 혼자 사는 게 아니어서……."

말끝을 흐린 성문 씨가 어디론가 전화를 걸었다. 시종 그의 목소리
는 차분했다. 나이만 스물한 살이지 애늙은이가 따로 없었다.

"같이 와도 된다는데요."

이 직장이 좋습니다

횟집을 나온 건 저녁 8시 반경이었다. 그새 밖은 낯선 도시로 변해
있었다.

호주머니에서 휴대전화를 꺼낸 성문 씨가 어디론가 다시 전화를 걸
었다. 타고 갈 차량을 알아보는 중이라고 했다.

"사택까지 택시는 만 원 넘게 나오지만 콜밴을 부르면 8,000원에
갈 수 있죠."

자신의 설명이 좀 부실하다고 여긴 걸까. 잠시 후 성문 씨가 재차 입을 열었다.

"보령 물가가 보통 비싼 게 아니에요. 여기서 지내다 삼천포에 내려가면 그걸 피부로 느낄 수 있죠. 그중에서도 택시는 타기가 겁날 정도예요. 삼천포는 미터당 100원씩 오르는데 보령은 160원씩 오르죠."

그나마 다행스러운 점은 보령이 삼천포를 쏙 빼닮았다는 것이다. 얼마 전 통합한 사천시(삼천포시·사천군)처럼 대천시와 보령군도 1995년 보령시로 통합되었는데, 두 도시 모두 차를 타고 10여 분만 달리면 막혔던 가슴이 뻥 뚫렸다. 바다가 주는 위안이었다.

자신의 이야기보다는 상대방의 이야기를 들을 때 마음이 더 편하다는 성문 씨와 콜밴에 올랐다. 도심을 벗어난 차는 칠흑의 농로를 달리고 있었다. 20여 분 뒤 도착한 곳은 주교면 은포리였다.

2동 401호로 막 들어서던 참이었다. 앞장선 성문 씨가 현관문을 잡아당기자 냉기가 확 끼쳤다. 거실 바닥은 더 추웠다. 채 1분도 되지 않아 발바닥이 시렸다.

"연료비 때문에 방을 한 칸만 사용하고 있어요."

세 명의 청년이 사는 집은 왠지 궁상맞아 보였다. 스무 평 남짓한 아파트는 곧 이사를 갈 것처럼 구석구석 찬바람이 몰아쳤다. 성문 씨를 따라 한 칸만 사용한다는 방으로 들어섰을 때다. 세 사람 몫의 이부자리가 깔린 곳에서 노트북으로 텔레비전을 시청하고 있던 정훈 씨가 엉거주춤 자리에서 일어났다.

나이트를 들어가는 정훈 씨를 위해 성문 씨가 거실에 피자를 펼쳐

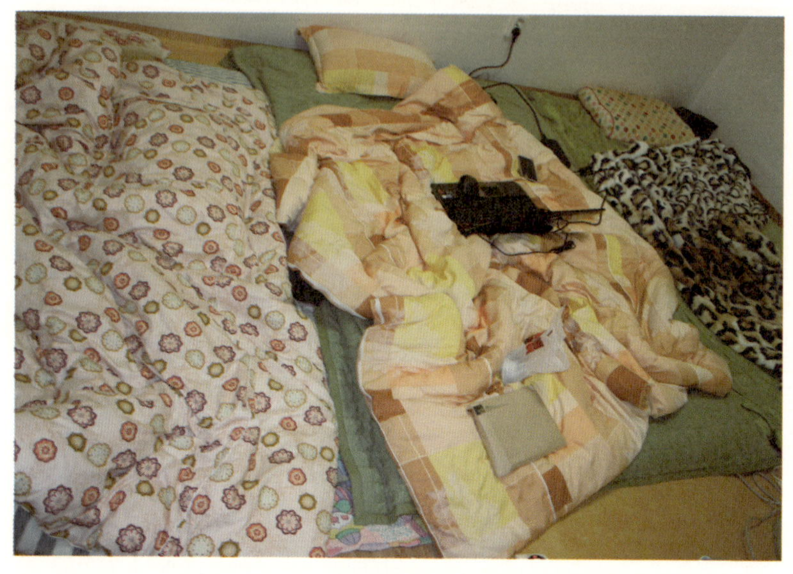

놓았다. 그제야 거실에 놓인 전기밥솥과 전자레인지가 눈에 들어왔다. 전등을 켰는데도 거실은 뿌옇니 안개가 낀 것 같았다.

"사택 주변이 온통 논뿐이어서 겨울에는 엄청 춥죠. 건물이 낡아 난방도 엉망이고요."

출근시간이 가까워 오는지 거제공업고등학교를 졸업한 뒤 성문 씨와 함께 화력발전소에 입사한 정훈 씨의 손놀림이 바빠졌다. 시간에 쫓기는 사람처럼 그는 피자를 입안으로 마구 구겨 넣었다.

사는 곳을 보고 나니 세 청년의 끼니가 걱정되었다.

"셋이서 해 먹는 경우는 거의 없어요. 서로 다른 시간에 근무를 하다 보니 회사 식당에서 해결할 때가 더 많죠. 그리고 여기는 시내에서 거리가 멀다며 통닭이든 피자든 3만 원 이상 시켜야 배달을 해 줍니다."

급히 말을 마친 정훈 씨가 옷을 갈아입는 동안 성문 씨는 설거지를 했다. 셋이 함께 사는 사택에 시계는 각자 따로따로 돌아간다는 성문 씨의 말이 그제야 실감이 났다.

성문 씨가 설거지를 하는 사이 주방 구석에 놓인 냉장고 문을 열어 보았다. 냉장실에도 냉동실에도 포장된 인스턴트식품이 대부분이었다. 그때 마침 외투를 걸치고 나온 정훈 씨와 눈이 마주치고 말았다. 계면쩍었던지 그는 달랑 속옷만 걸친 채 밖으로 나갔다 이웃집 처녀에게 들킨 사람처럼 뒤통수를 긁어 댔다.

"정훈 씨, 직장생활은 어때요?"

"인턴 과정을 마쳤을 때 셋이서 이렇게 말한 적 있어요. 보령화력발전소에서 뼈를 묻자고."

친구의 마음이 곧 내 마음? 출근길이 바쁜 정훈 씨가 콕 찍어 대변한 탓인지 성문 씨는 고개만 끄덕일 뿐 별다른 말이 없었다. 그랬던 그가 잠시 후 거실 벽에 걸린 시계를 보더니 정훈 씨의 등을 떠밀었다.

"어서 가라. 통근버스 올 시간이다."

마치 지아비를 출근시키는 듯한 성문 씨의 행동에 순간 가슴이 따뜻해졌다. 아직 나이는 어리지만 성문 씨는 저 강의 깊이를 어느 정도 알고 있는 듯했다.

"저는 우리 집의 가장이 된 게 제일 기쁩니다. 아버지의 마음을 조금은 알 것도 같고요."

다음 날 굳이 화력발전소를 찾아 나선 건 먼발치에서나마 성문 씨가 근무하는 곳을 보고 싶어서였다. 모텔을 나와 10여 분 달렸을까. 어제 만난 콜밴 기사가 창문 너머 2시 방향을 가리켰다. 간밤에 다녀온 은포리 사택과 화력발전소는 대천방조제를 코앞에 둔 지점에서 두 방향으로 갈렸다.

방조제를 지나 온 콜밴이 송학리로 막 들어설 때였다. 마을 곳곳에 '지역주민 외면하는 보령화력은 각성하라.' '보령화력발전소 1, 2호기 건설을 결사반대한다.'라는 현수막이 어지럽게 내걸렸다. 도로변에 드문드문 천막농성장도 눈에 띄었다.

"저도 보령에서 나고 자랐지만 거리에 내걸린 현수막을 보고 있으

면 마음이 좀 착잡해요."

시속 40킬로미터로 주행 중인 콜밴이 잠깐 멈춘 곳은 토정(土亭) 이
지함의 묘 앞이었다. 충남 아산 출신인 토정은 조선 중기 무렵의 학자
로, 아산 현감 시절에 걸인청을 따로 만들어 관내 걸인과 노약자 구호
에 혼신을 다했다.

아호답게 청빈한 생을 살다 간 토정의 묘지에서 화력발전소로 가는
길은 풍광이 몹시 아름다웠다. 왼편으로 썰물의 서해가 마치 평야처
럼 펼쳐졌고, 오른편은 낮은 산들이 꼬리를 문 채 이어졌다. 염려했던
대로 길은 발전소 입구에서 그만 막히고 말았다.

경비실에서 보안과로 연락을 취했지만 돌아온 답은 신통치 않았다.

'외부인 출입금지.' 발길을 에너지기념관으로 돌렸다.

일반 관람객을 위해 마련한 에너지기념관으로 향할 때였다. 매캐한 석탄 연기가 코를 찔렀다. 6개의 굴뚝에서 뿜어져 나오는 석탄 연기는 그 양을 가늠할 수 없을 정도로 순식간에 하늘을 뒤덮어 버렸다. 휴대전화에 문자가 들어온 건 그로부터 20여 분 뒤였다.

'일하는 모습을 보여 줄 수 없어 안타깝네요. 그렇지만 어제는 태어나 처음으로 누군가에게 저에 대한 이야기를 제일 많이 했던 것 같습니다. 고맙습니다. 안녕히 가세요.'

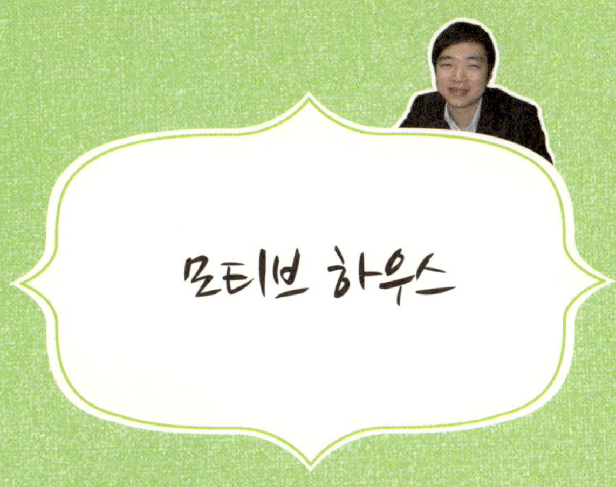

모티브 하우스

초등학교 6년 | 중학교 3년 고등학교 3년 | 롯데월드 공연팀 | 유치원 파견교사
시크릿은 '비밀' | 9월 9일은 '꿈의 날' | 나는 꿈꾼다

지하철에서 내려 밖으로 나오자 주변이 썰렁했다. 오후 시간인데도 사람 하나 보이지 않았다. 다시 전화를 걸었더니 오고 있는 방향으로 한참 더 와야 한다고 했다. '모티브 하우스(꿈꾸는 문화를 만드는 기업)'는 옛 마포구청(현재는 강북청년창업센터) 1관 3층에 있었다.

초등학교 6년

올해 서른 살인 서동효(모티브 하우스 공동대표) 씨는 경기도 일산에서 태어났다. 당시만 해도 일산은 한적한 시골 마을이었다.

"마을 앞에 기찻길이, 뒤에는 동산이 있었어요. 봄이면 개나리와 진달래가 한가득 피어났지요. 서울로 이사를 오기 전까지 모든 놀이는 바로 드넓은 자연에서 시작되어 자연에서 저물곤 했죠. 놀다 배고프면 딸기, 토마토, 참외, 오이를 먹었죠. 먹을 게 너무 많아서 걱정이었어요. 집집마다 농사를 지어 네 것 내 것이 따로 없었지요. 오늘은 범수네 밭에 있는 것을, 내일은 영찬이네 것을 따먹으며 놀았어요. 하루 중에서 특히 노을이 피었다 지는 풍경은 압권이었죠. 지금까지 그보다 더 아름다운 풍경을 보지 못했으니까요."

일산을 떠나 수유리로 이사한 건 초등학교 1학년 2학기 때였다. 떠나고 싶어 떠난 길은 아니었다. 그해 여름 홍수 피해로 일산은 농지와 가옥 등 무엇 하나 건질 게 없었다.

"그때만 해도 생판 다른 나라에 와 있는 기분이었어요. 제가 다녔던 백마초등학교는 한 반 학생 수가 10명도 채 못 되었는데 서울은 기겁할 정도였죠. 한 반 수가 백마초등학교 전체 학생 수와 맞먹었거든요."

전학 온 지 사흘째가 되는 날이었다. 급기야 일이 터지고 말았다. 여전히 긴장을 한 탓인지 동효 씨는 수업 도중 오줌이 마려운데도 발만 동동 구를 뿐 화장실을 보내 달라는 말을 끝내 하지 못했다. 이미 바지는 오줌에 젖어 있었다. 그러나 놀랍게도 담임의 처리 방식은 매우 간결했다. 너, 가방 챙겨. 다 챙겼어? 그럼 집에 가!

"잘못 배달된 우편물을 받았을 때처럼 적응이 몹시 어려웠던 건 사실이에요. 서울은 공상과 타임머신, 공룡을 먼저 떠올리게 하는 이상한 도시였으니까요."

상황이 그렇다 보니 자연 혼자 지내는 시간이 많아질 수밖에 없었다. 더구나 수업 시간에 오줌을 싼 뒤로는 학교에 대한 흥미마저 잃고 말았다.

부모님에 대해 물었다. 일순 동효 씨의 표정이 한결 부드러워졌다.

"아버지는 독학으로 동양학을 공부한 분이세요. 대학교 시간강사들처럼 보따리 강연으로 우리 집 생계를 꾸려 가고 계시는데, 강요보다는 자율과 자유를 더 존중하는 분이시죠."

물론 거기(자율·자유)에는 한 가지 조건이 뒤따랐다. 밥을 먹는 자리에서 자세를 흐트러뜨린다거나 몸가짐이 어그러질 때면 매운 회초리가 주어졌다.

차츰 서울이 피부로 느껴지기 시작한 건 3학년 무렵이었다. 떠나온 일산과 적응 중인 수유리의 시간이 전혀 다른 속도로 흘렀다. 그동안 일산에서 보낸 시간이 시냇물처럼 여유로웠다면 서울은 곧 전쟁이 터질 것만 같았다. 학교 수업을 마치기 바쁘게 학원으로 뛰어가는 아이들은 어른들이 바쁘다니까 덩달아 바빠 보였다.

"서울의 시계가 일산의 시계와 달랐다고 말한 건 약속 장소와 만나는 시간 때문이었어요. 일산에서 친구를 만날 때면 굳이 만나는 장소와 시간을 따로 정할 필요가 없었어요. 우리 거기서 만나자. 이 한마디면 모든 게 통했으니까요."

하지만 서울은 달랐다. "범수야, 개구리 잡으러 가자."는 "준환아, 학원 가자."로, "미자야, 동산에 놀러 가자."는 "다미야, 공원에 가자."로 바뀌었다. 그런가 하면 서울은 언제, 어디서, 몇 시에 등 이 세 원칙을 분명히 하지 않으면 만남조차 어려워 보였다. 모든 것이 째깍째깍 초를 다투듯 진행되었다.

"학원이요? 다녀 본 적 없어요. 집안 형편이 어려워 그랬던 건 아니고요, 부모님이 경쟁하는 걸 무척 싫어하셨어요. 공부, 즉 성적을 가지고 사람의 척도를 재는 걸 매우 못마땅해하셨죠. 요즘도 아버지는 입버릇처럼 말하곤 하세요. 바벨을 들어 올리듯 역주행하다 보면 머잖아 곧 사람 사는 세상이 사막이 되고 말 거라고요."

이따금씩 도지는 향수병 탓인지도 몰랐다. 어느 날 담임으로부터 '너, 자폐아 아냐?'라는 소리를 들은 동효 씨는 그냥 씩 웃고 말았다. 수업 시간에 딴짓 좀 한다 해서, 한곳에 집중을 못한다 해서 이렇듯 병원에서나 들어야 할 소리를 학교에서 듣는다면 과연 교실에 자폐아 아닌 학생이 몇이나 될까. 수업 중에 그 소리를 들은 터라 동효 씨는 속으로 4학년 담임이 하루빨리 다른 학교로 전근 가길 바랐다.

중학교 3년 고등학교 3년

제대로 적응마저 못한, 씁쓸하기 짝이 없는 초등학교를 졸업하고 중학생이 된 일요일 아침이었다. 간만에 동효 씨는 멈췄던 심장이 뛰는 소리를 들었다.

"아버지께서 부르시더니 저걸 좀 보라고 하셨죠."

〈국악 한마당〉이라는 텔레비전 프로그램이었다. 그렇지만 동효 씨는 조금 전 아버지가 부를 때와 다르게 시큰둥한 반응이었다. 뭐랄까, 국경을 불문하고 국악은 테이프가 오뉴월 엿가락처럼 늘어진 기분? 무엇보다 자신이 갑자기 폭삭 늙어 버린 것 같아 싫었다. 그런데 그때 웬 사물놀이패가 등장했다.

꽹과리, 장구, 징, 북이 한 몸 되어 발산해 내는 저 울림을 과연 무엇으로 설명할 수 있을까?

마치 찰나처럼 시선을 잡아끈 사물놀이는 바람과 구름, 비를 몰고 다니는 천둥번개를 연상케 했다. 뒤이어 천둥번개는 6년간 정지되어 있던 심장을 다시금 요동치게 만들었다. 극심한 두통에 진통제를 한 알 꿀꺽 삼켰을 때처럼 머리가 개운해지더니, 몸속에 쌓인 찌꺼기들이 그제야 하수구로 말끔히 씻겨 내려가는 기분이었다.

"꽤 오래 잊고 지낸 뒷동산의 봄을 사물놀이가 찾아 주었다 할까요. 아무튼 그날 아침은 좀 특별했어요. 가문 땅에서 비로소 싹이 돋아나는 것 같았죠."

여기에 힘입어 활기를 되찾은 동효 씨는 특별활동으로 풍물반에 들어갔다. 그리고 그곳에서 난생처음 화합의 중요성을 배웠다.

"사물이 순 우리 악기라는 점에서 더 애착이 갔던 것 같아요. 아시다시피 사물은 넷(장구, 북, 징, 꽹과리) 중에서 하나만 치면 소음에 불과하지만, 그 넷이 하나로 어우러지면 곧 신명나는 한 판을 보여 주잖아요."

이런 동효 씨의 변화에 고개를 좌우로 흔들어 보인 건 다름 아닌 반 친구들이었다. 그동안 반에 있는 듯 없는 듯, 성적마저 수면 속이던 녀석이 풍물반에 들어간 뒤부터 펄펄 댔으니 누군들 놀라지 않을까. 저만치 밀쳐 둔 화분에서 새싹이 돋아났다며 그들은 '시들싹'이라 놀려 댔다.

그렇지만 동효 씨는 지금의 이 모든 변화와 감사를 풍물반 교사에게 돌렸다. 영어를 담당한 그 교사는 학생들에게 극과 극의 인물로 알려졌는데, 별명은 '괴기'였다.

"영어를 가르친 교사의 차림새가 주구장창 개량한복이었으니 그림이 대충 그려지지 않나요. 선생님의 괴기는 거기서 끝나지 않았죠. 맨발로 교정의 나무를 기어오르는 모습을 본 학생들마다 측은지심의

표정을 짓곤 했어요. 맛이 가도 한참 갔다는 것이었죠.”

하지만 그건 일면 겉모습에 불과할 뿐이었다.

“선생님의 자취방으로 풍물반을 초대한 날이었어요. 손수 떡볶이를 만들고 밥상까지 차려 주셨는데, 저희들로서는 감동 또 감동일 수밖에 없었어요. 그런 초대를 받은 것도 처음이지만 선생님이 들려주신 이야기에 우리 모두 숙연해지고 말았으니까요. 한 명 한 명 어깨를 다독여 주면서 선생님은 이렇게 말씀하셨어요. 성적쯤이야 좀 떨어져도 좋으니 졸업 때까지 절대 흥을 잃지 말라고요.”

여름방학을 맞아서는 이보다 더 흥겨운 한마당이 펼쳐졌다. 당신의 고향 청도로 풍물반을 초청한 선생님은 그곳 주민들과 스스럼없이 하나가 되었는데, 순간 동효 씨는 그 풍경을 통해 깨달은 점이 있었다.

'사물을 잘 치는 것도 중요하지만 그보다 먼저 흥겹게 놀 줄 알아야 한다?'

정곡을 찌르는 말이었다. 한데 어쩌자고 이처럼 흥겨운 마당에 하필이면 초등학교 4학년 때의 담임이 스쳐 간 것일까. 자폐아? 전근만을 간절히 바랐던 그 여선생님이 지금 이 자리에 있다면 한 판 멋지게 보여 주고 싶었다. 나는 절대 자폐아가 아니라고.

선생님의 고향인 청도에 다녀온 직후였다. 풍물반에도 방과 후 학원을 다니는 친구가 몇 있었지만 그들은 하나같이 예전의 모습이 아니었다.

"네 명 가운데 한 친구가 먼저 학원을 그만두겠다고 하자 그 반응은 연쇄적으로 나타났어요. 불과 나흘 만에 풍물반은 학원을 다니는 친구가 단 한 명도 없는, 이상한 나라가 되고 말았죠."

졸업을 앞둔 무렵 동효 씨는 졸업장 대신 사랑과 헌신을 가슴에 새겼다. 풍물반 선생님이 심어 준 소중한 씨앗이었다.

"특별한 뜻이 있어 그랬던 것은 아니고요, 나중에 성년이 되면 선생님처럼 흥을 선물하는 사람이 되고 싶었어요."

가슴 뭉클한 1막과 함께 찾아온 제2막. 그러나 어떻게 된 영문인지 제2막은 한낮인데도 몹시 어두워 보였다. 한 판 신명나게 노느라 성적이 부진한 탓도 있지만 그렇다고 해서 대학에 꼭 가고 싶다는 마음이 있는 것도 아니었다.

어제처럼 오늘도 언제 도착할지 모를 한적한 버스 정류장에 나와 있는 기분이었다. 그때 누군가 다가와 살포시 손을 잡아 주었다. 두 살 많은 누나였다.

"대동정보산업고등학교 디자인과를 지망할 수 있었던 데는 누나와 나눈 대화가 큰 도움이 되었어요. 그림을 곧잘 그렸던 누나는 대학에 진학해 의상디자이너가 되는 게 꿈이었는데, 그걸 제가 미리 슬쩍 훔쳐 온 거예요."

이보다 더 기쁜 소식을 접한 건 입학하고 며칠 지나서였다. 대동정보산업고에도 풍물반이 있다는 반 친구의 말에 동효 씨는 휘파람이 절로 나왔다.

"그렇지만 방향은 좀 다르지 않았나 싶어요. 친구들이 엠피쓰리로 DJ DOC, HOT, 터보, 주주클럽, 박진영의 노래를 들을 때 저는 김덕수, 이광수, 김동창, 장사익에 빠져들었으니까요."

그중 양방언도 빼놓을 수 없다. 그동안 누군가에게 이처럼 푹 빠져 본 적 있었던가. 아직은 그의 이름이 낯선, 그렇지만 뭉클한 한에서 번져 오는 그의 노래를 듣고 있으면 전에 들었던 음악과는 또 달랐다.

"양방언이 부른 '제주의 왕자'도 좋았지만, 2002년 부산 아시안게임 지정곡이었던 '프론티어'는 엄청난 감동이었죠."

그러나 3학년이 되면서 학교 분위기는 갈수록 어수선해졌다. 꽉 찼던 교실은 이제 빈자리가 더 많았다. 동효 씨는 마치 무엇에 홀린 듯 교무실로 달려갔다.

"고 3이 되면서 제 입장이 좀 애매하긴 했어요. 대학에 진학하는 것도 아니고, 그렇다고 취업을 선호한 쪽도 아니었으니까요."

벌써 며칠째 수업이 제대로 이루어지지 않다 보니 담임도 막무가내로 거절하지는 않았다. 곧 등록할 예정인 풍물학원 원장으로부터 사인만 받아오면 실습 나간 학생들 기준에 맞춰 결석 처리를 하지 않겠다는 반승낙의 조건을 내놓았다.

쇠뿔도 단김에 빼랬다고 동효 씨는 당장 풍물학원을 찾아 나섰다. 그러나 문제가 심상치 않았다. '한소래'를 찾아간 그는 입조차 제대로 떼지 못했다.

"며칠 냉동실에 갇힌 기분이었다고 할까요. 학교 특활과 전문 소리패는 그 느낌부터 달랐어요. 그동안 우리가 멋모르고 놀았다면 한소래는 바람을 가르듯 휘몰아쳤죠."

시급한 건 학원비였다. 외환위기 이후 아버지의 강연이 눈에 띄게 줄다 보니 집에 손을 내미는 건 무리였다. 해서 동효 씨는 고민 끝에, 다음에 성공하면 이 은혜를 꼭 갚겠다는 조건을 내밀었다.

"그곳에서 꼼짝하지 않은 채 사정을 했더니 단장님께서 마음을 열어 주셨어요. 학원비 대신 제게 주어진 건 청소와 심부름, 그리고 악기를 닦는 일이었습니다."

문제는 다음 날이었다. 첫 수업에서부터 동효 씨는 머리가 지끈거려 견딜 수 없었다. 듣도 보도 못한 풍물 이론과 기본 타법(기본 가락)은 그동안의 흥마저 깡그리 앗아가 버렸다.

"솔직히 도망가고 싶었어요. 기본 타법은 특활 때 해 본 거라 마음이 당겼지만 풍물 이론은 사서 고생하는 것 같았어요."

그렇다고 달리 뾰족한 수가 있는 것도 아니었다. 학교로 다시 돌아갈 생각을 하니 그야말로 거기는 막다른 골목이었다.

체득과 성장이 어려울 때는 먼저 옆 사람을 생각하라? 우리 음악의 근본은 인(人)이어서 서로 등이 되어 주고 힘이 되어 주고 받침이 되어 주는 과정을 통해 풍물은 완성된다? 단장님의 말대로 사흘을 지나자 장단과 구성의 원리가 차츰 눈에 들어왔다. 뺑! 뺑! 첫 번째 병마개에 이어 두 번째 병마개를 따자 는개처럼 달라붙던 졸음도 이내 사라졌다.

롯데월드 공연팀

이론에 눈을 뜨고 보니 한 가닥 욕심이 생겼다. 대학에 진학해 국악 공부를 한번 해 보고 싶었다. 하지만 웬걸! 중앙대학교 국악과는 하늘의 별 따기였다. 200명 지원에 최종 선발 수는 10여 명. 우물 안 개구리 꼴을 하고서 대기실에 앉아 있는데 김수철의 노래가 귓전에서 맴돌았다. 정신 차려, 정신 차려 이 친구야! 그다음 가사 '예예'는 동효 씨를 맘껏 비웃는 것 같았다.

"그냥 돌아가기 아쉬워 두 친구에게 물어봤어요. 이번에 떨어지면 어떡할 거냐고. 그랬더니 두 친구의 입에서 어떤 대답이 나온 줄 아세요. 합격 때까지 도전할 거라고 했죠. 순간, 소름이 확 끼쳤습니다."

이제 무얼 하지……? 하룻밤 꿈처럼 대학 진학이 수포로 돌아가자 동효 씨는 주변의 시선이 따가워 견딜 수 없었다. 중학교를 졸업하는 열일곱 살과 고등학교를 졸업한 스무 살은 그 생김새부터가 달랐다. 지금부터는 스스로를 책임질 줄 알아야 한다고 했다. 중학교 때와 다르게 진로에 대해 조언을 해 주는 사람도 없었다.

마땅한 일을 찾지 못한 채 집에서 빈둥거릴 때였다. 여보세요, 전화가 걸려 왔다. 학교 선배였다. 롯데월드에서 아르바이트를 해 보지 않겠냐는 선배의 말에 동효 씨는 서둘러 옷을 꿰입었다.

"처음 해 본 알바치고는 그런대로 재밌었어요. 이용객들을 안내하는 일이어서 덩달아 신도 났고요. 물론 국악 공부는 계속했어요. 출근할 때 아예 악기를 메고 다녔는데, 알바를 마치면 곧장 학원으로 달려갔습니다."

오전 일과를 마치고 잠시 휴식을 취하는 중이었다. 롯데월드 안에서 편의점을 운영하는 아저씨가 고개를 갸웃거리며 등에 지고 다니는 게 뭐냐고 물었다. 아이스크림을 먹던 동효 씨가 풍물에 필요한 악기라고 대답하자 그는 롯데월드에서 개최하는 오디션 날짜를 알려 주었다.

오디션은 그로부터 나흘 뒤에 열렸다. 그러나 편의점 아저씨가 일러 준 오디션 장소에 도착한 동효 씨는 차마 고개를 들 수 없었다.

"제 딴에는 풍물 오디션인 줄 알고 민복 차림을 하고 나갔다 졸지에 만인의 눈요깃감이 돼 버렸지 뭐예요. 그날 열린 오디션은 풍물이 아니라 현대무용이었어요."

여기서 그만 자리를 뜰까? 망설임이 앞섰다. 그런데 그때 문득 저들의 오디션이 궁금했다. 오디션을 접한 건 오늘이 처음이었다.

"궁금한 것 반, 오기 반이었어요. 오디션도 하나의 시험이어서 배워 두면 좋을 것 같았고요."

심사위원 중 한 명이 동효 씨에게 다가온 건 오디션이 한창 무르익을 무렵이었다. 현대무용 오디션에 풍물 복장으로 나타난 청년이 신기했던지 그는 동효 씨에게 도전 의사를 물었다. 덧붙여 그는 춤은 자신이 잠깐 가르쳐 주겠노라 했다.

"굴러온 떡을 차 버릴 수 없어 덥석 받아 물긴 했는데 제정신이 아니었던 것도 사실이에요. 그동안 한 번도 춰 본 적 없는 춤을 그것도 30여 분 강습을 받은 뒤 무대에 올랐으니 얼마나 우스꽝스러웠겠어요."

그림이 그려지긴 했다. 민복 차림에 현대무용이라? 웃음이 절로 나왔다.

"그날 제가 내밀 수 있는 카드는 딱 한 장뿐이었죠. 일타쌍피(一打雙皮), 모 아니면 도였어요."

두 시간 가까이 진행된 오디션이 이윽고 막을 내렸다. 동효 씨에게 주어진 심사평은 세 가지로 요약되었다. 새롭다. 재밌다. 특이하다.

최종 합격자가 발표된 건 그로부터 한 시간 뒤였다. 순간 동효 씨는 자신의 귀를 먼저 의심했다.

"알바생이었던 청년이 하루아침에 대그룹 정직원으로 채용되었으니 얼마나 놀랐겠어요. 세상에 이런 일이 정말 있긴 있구나. 제가 바로 텔레비전 드라마의 주인공 같았죠."

무엇보다 큰 수확은 일타쌍피가 가져온 자신감이었다. 대학 졸업자들과 동등한 위치에서 팀원이 되고 보니 하루하루가 꿈만 같았다.

"첫 급여로 150만 원을 받았을 적엔 제 살을 꼬집어 보기도 했어요. 한 달 죽어라 알바해 봤자 20만 원에도 못 미쳤고, 그리고 10년 전 첫 월급이 150만 원이었으니 얼마나 큰돈인가요.”

그리고 이제야 털어놓는 이야기지만 롯데월드의 퍼레이드 공연은 결코 힘들지 않았다. 20분가량 퍼레이드 공연을 펼치고 나면 2시간의 휴식이 주어졌는데, 세상에 돈 버는 일이 참 가지가지구나, 주로 이런 잡념들이 머릿속을 가득 채웠다.

“하는 일도 즐겁고 돈도 많이 벌고, 롯데월드 공연팀에서 보낸 2년은 부러울 게 없었어요. 친구들을 불러내 돈도 실컷 써 봤고요.”

이렇듯 남부러울 것 없는 동효 씨에게 뜻밖의 변화가 찾아온 건 2005년 봄이었다. 롯데월드로 소풍 나온 유치원생들과 눈을 마주친 그는 더 이상 걸음을 떼지 못했다.

“어린이날을 며칠 앞두고서였어요. 호돌이 탈을 쓰고 유치원생들과 악수를 나누는데 갑자기 온몸에서 스파크가 일었어요. 탈을 쓴 상태에서 사람을 보면 카메라 렌즈처럼 물체가 한곳으로 모아지는데, 아이들의 눈과 마주치는 순간 모든 것이 정지된 기분이었습니다.”

무슨 일인지 그날 이후 심장 뛰는 속도가 몰라보게 빨라졌다. 다음 날 그다음 날도 사정은 마찬가지였다. 아이들의 눈을 똑바로 쳐다볼 수가 없었다.

“한 달 넘게 고민을 했던 것 같네요. 사직서를 제출하고 나올 때는 공연 팀의 성화가 이만저만 아니었고요. 너 미쳤냐는 거였지요. 물론 모르진 않았습니다. 2년 동안 정규직으로 일해 그런지 비정규직의 고통이 남의 일 같지 않았죠.”

　설령 현실이 그렇다 하더라도 자신의 꿈을 돈과 맞바꿀 수는 없는 일이었다. 롯데월드 공연 팀과 일하면서 얻은 용기와 자신감만 잘 간직한다면 그것으로 족했다.

유치원 파견교사

　아이들의 해맑은 눈빛에 끌린 나머지 선택한 결정, 하지만 낭패였다. 유치원 교사가 되려면 적어도 전문대학 이상의 학력이 필요하다는 말에 동효 씨는 실소를 금치 못했다.

　"제가 세상물정을 몰라도 너무 몰랐더라고요."

　컴퓨터를 켠 동효 씨는 구직 검색에 열을 올렸다. 덮을 때 덮더라도 9회 말까지는 가 볼 생각이었다. 롯데월드에서 번 얼마간의 돈이 아직 통장에 남아 있는 터라 두세 달은 버틸 수 있었다.

　유치원 교사를 파견하는 업체? 당장 전화를 걸어 위치를 알아낸 동효 씨는 다음 날 그곳을 찾아갔다. 하지만 그곳 역시 학력에서 손을 내저었다.

　"최종 학력이 고졸이라고 했더니 사장님이 어이없다는 표정으로 웃더군요. 실망하는 눈치가 역력했어요."

　집을 나설 때 그 정도는 이미 각오한 터라 동효 씨는 뜸들이듯 자리를 지켰다. 그런 다음 그는 롯데월드에서 일한 경험과 사직서를 제출한 경위에 대해 숨김없이 털어놓았다.

오십 대 초반의 사장이 미동을 보인 건 그로부터 반 시간가량 지나서였다. 사무실 책상에 놓인 전화기를 집어 든 사장이 눈을 감았다 다시 뜨더니, 대신 조건이 하나 있다고 했다.

"어디론가 전화를 건 사장님이 저에게 내민 조건은 1개월짜리 수업 참관이었어요."

언감생심, 그것만으로도 동효 씨의 입장에서는 감지덕지였다. 그리고 유아교육에 대해 문외한인 그로서는 곡괭이로 굴을 파 들어가듯 방법도 한 가지로 정했다. 유치원 정교사가 수업을 하면 그걸 베끼다시피 메모해 두었다 귀가 후 복습에 복습을 더했다.

시한부 계약직이었으므로 당연히 출근도 제일 먼저였다. 유치원 구석구석을 쓸고 닦는 일은 물론이고, 문방구 심부름 또한 마다하지 않았다. 물론 정교사들의 따가운 시선과 마주칠 때면 자존심이 좀 상하긴 했다. 엇비슷한 나이에 그것도 남자가 계약직 참관 수업이나 하고 있으니 얼마나 한심했을까. 그렇지만 유치원생들의 또랑또랑한 눈망울을 보고 있으면 그깟 자존심 따위는 씻은 듯이 사라졌다. 지금 나의 별, 나의 우상은 바로 100여 명의 아이들뿐이었다.

개나리 반 교사가 집안의 급한 사정으로 결근을 한 날이었다. 유치원 원장은 황급히 보조교사를 불렀다. 하지만 보조교사는 출근한 지 겨우 2주밖에 되지 않았다며 한사코 수업을 마다했다. 두 사람의 실랑이를 목전에서 지켜본 동효 씨는 잽싸게 그 틈새를 비집고 들어갔다. 보조교사에 비하면 자신은 참관 수업만 두 달째였다.

"유치원 수업 과정에 대해서는 어느 정도 파악한 상태였어요. 그동안 보고 배운 것들을 롯데월드에서 익힌 공연놀이와 접목시킨다면 꽤 쓸 만한 수업을 진행할 수 있을 것 같았고요."

예상대로 동효 씨의 그날 수업 계획은 아귀가 척척 맞아떨어졌다. 아이들이 일제히 환호성을 내지르며 기뻐하는 걸 보자 콧날이 시큰했다. 수업을 직접 참관한 원장도 몹시 흡족한 표정이었다.

"그날 땜빵 수업에는 롯데월드 공연팀에서 일한 것과 풍물이 큰 도움이 되었죠."

수업 참관자에서 유치원 파견교사로 이름이 바뀐 건 땜빵 수업 일주일 만이었다. 유치원 원장으로부터 파견교사 제의를 받은 동효 씨는 앞으로 펼쳐질 무대에 대한 기대로 잔뜩 부풀어 있었다.

"수업 참관자에서 두 달 만에 파견교사 자리를 꿰찼으면 절반은 성공한 셈 아닌가요. 원장에 이어 교사들까지 나서서 다른 유치원을 추천해 줄 때는 가슴이 뭉클했어요. 보따리 강연으로 밥벌이를 하시는 아버지 생각도 났고요. 저는 주로 체육, 국악, 무용 등을 수업하러 다녔어요."

대저 입소문은 텔레비전 광고보다 더 무서웠다. 이 골에서 저 골로 바람을 타기 시작하자 이제 찾아가는 유치원만도 벌써 30여 곳. 벌이도 적은 편은 아니었다. 월 130만 원 수입이면 대학을 갓 졸업한 유치원 교사보다 나은 편에 속했다. 그러나 나이가 걸림돌로 작용했다. 유치원 파견교사로 3년을 뛰어다니다 보니 어느덧 스물여섯. 미래에 대한 고민이 깊어질 수밖에 없었다.

시크릿은 '비밀'

인터넷 시대를 산다는 건 큰 행운이었다. 블로그, 카페, 싸이클럽, 동호회 등 인터넷을 통해 이뤄지는 소통은 또 다른 별미였다. 며칠 전 『시크릿』을 읽은 동효 씨는 긍정적 사고와 간절한 마음이 만났을 때 시크릿은 더 큰 힘을 발휘한다는 내용을 떠올리며 밤마다 컴퓨터에 매달렸다.

"『시크릿』을 다 읽은 뒤였습니다. 우리나라 청소년들이 너무 힘들게 살아간다는 생각이 들었죠. 열심히 항해는 하는데 여전히 바다 한가운데 떠 있다고 할까요. 동호회를 꾸린 건 바로 그 때문이었습니다. 더 많은 사람들과 시크릿을 주제로 이야기를 나눠 보고 싶었죠."

청소년을 대상으로 문을 연 시크릿 동호회는 그러나 직업과 연령층에서 점차 다양한 반응을 나타냈다. 그중에서도 월척은 자기 주도 학습센터를 운영하는 한 소장과의 만남이었다.

유치원 파견교사를 그만둔 동효 씨는 자기 주도 학습에 뛰어들었다. 시스템만 잘 갖춘다면 굳이 비싼 돈 들여 학원에 가지 않고도 얼마든지 공부가 가능해 보였다.

"자기 주도 학습센터를 통해 발견한 단점은 그곳에서마저 상위권과 하위권이 존재한다는 사실이었어요. 기분이 썩 좋은 건 아니었지만 시크릿을 인용해 상위권을 좀 더 지켜보기로 했죠. 상위권의 아이들을 보면 부모님 말씀도 잘 듣고 성적도 좋고, 저로서는 그 점이 매우 궁금했어요."

그 답을 손에 쥔 건 2주쯤 지나서였다. 상위권 아이들은 누군가 시켜서 하기보다는, 자신이 하고 싶을 때 그리고 자신이 원하는 공부를 했다. 순간 동효 씨는 자신의 무릎을 쳤다. 어, 나도 저 아이들처럼 하고 싶은 걸 하면서 살았는데……! 다름 아닌 그것은 꿈이었다. 지시와 강압 속에서는 결코 이뤄 낼 수 없는.

"눈이 번쩍 뜨였습니다. 이제야 비로소 시크릿의 비밀을 푼 것 같았고요."

자기 주도 학습센터에 사직서를 제출한 동효 씨는 2009년 9월 9일 마침내 '모티브 하우스'를 설립했다. 인터넷 검색 결과 잃어버린 물건이나 사람을 찾아 주는 직업은 있어도, 당신의 꿈을 찾아 준다는 직업은 어디에도 없었다. 그나마 인터넷에 널려 있는 것이라곤 돈을 몇백씩 들여야 가능한 성공과 리더십 정도였다.

"우선 급한 대로 명함부터 만들었어요. '꿈찾기'를 알리려니까 동호회만으로는 그 한계가 보였습니다."

그때 만든 명함을 보고 싶었다. Life Designer?

"이 명함이 먹혀들던가요?"

"아니요. 다들 보험회사 다니느냐며 물었어요."

꿈 찾아 주는 일을 자신의 직업으로 택한 동효 씨는 더 부지런히 사람들을 만나 명함을 내밀었다. 그리고 밤에는 컴퓨터를 켜 '함께 이루어 가는 우리들의 꿈 이야기'를 슬로건으로 내건 동호회를 꾸렸다. 어제에 이어 오늘도 동호회 사이트는 꿈에 대한 이야기로 넘쳐났다. 휴학 중인 대학생은 취업 길이 막막한 나머지 졸업을 잠시 미룬 상태

였고, 콜센터에서 4년째 근무 중인 여성은 자신이 이 일을 계속해야 할지 말아야 할지를 두고 고민에 빠졌다. 사회복지사로 일하는 회원은 이상과 현실 사이에서 갈등 중이었고, 경찰행정학과를 졸업한 뒤 고시원에서 고시 공부를 하고 있는 회원 역시 자신의 미래가 보이지 않는다며 그동안의 고민을 털어놓았다.

"방금 들려준 네 명의 회원이 지금 저와 함께 일하고 있어요. 공동대표인 이학종 씨는 고시원에서 고시 공부하다 나온 분이고요."

"그럼 동호회를 통해 꿈의 기업 첫 삽을 뜬 셈이네요?"

"그렇다고 할 수 있겠죠? 인간의 꿈을 한 그루 나무로 가정했을 때 잎을 붙이고 꽃을 피우고 열매를 맺는 일이 곧 콘텐츠(Contents)에 해당될 테니까요."

9월 9일은 '꿈의 날'

국악, 퍼레이드 공연, 유치원 파견교사, 자기 주도 학습센터 등 동효 씨에게 20대는 꽤 먼 여정이었다. 그렇지만 하나 분명한 사실은 7년 동안 4종의 일을 해 오면서 어느 것 하나 자신이 하고 싶지 않은 일을 한 적이 없다는 점이다. 2010년 9월, '꿈의 날'을 제정해야겠다고 마음먹은 것도 바로 그런 이유에서였다. 물, 철도, 환경, 학생, 성년, 빼빼로, 화이트, 밸런타인 등 1년 365일이 크고 작은 기념일과 각종 이벤트로 넘쳐나는데도 정작 꿈의 날은 보이지 않았다.

"꿈의 날을 9월 9일로 정한 데는 두 가지 이유(의미)가 있어요. 모티브 하우스 창립일이라는 게 그 첫 번째고요, 두 번째로 꿈을 말한다는 의미에서 입 구(口) 자가 들어간 '구구(九口)날'이면 더 좋을 것 같았어요."

그러나 2011년 9월 9일 시행한 꿈의 날 첫 번째 행사는 아쉽게도 실패로 끝나고 말았다. 추석이 코앞인 데다 아닌 밤중에 홍두깨처럼 태풍이 불어닥쳤다.

"광화문, 명동, 영등포 등지에서 행사를 진행했는데, 행인들에게 보드와 펜을 건넨 뒤 자신의 꿈을 적거나 직접 말하게 하는 행사였어요."

그날 모티브 하우스에서 진행한 행사를 눈여겨 지켜본 이가 있었다. 나중에 한번 만나자는 말을 남긴 채 행사장을 떠난 그는 모 청소년센터 소장이었다. 이후 두 번째 만남에서 소장은 다음번 꿈의 행사를 자신이 근무하는 청소년센터에서 해 보라며 선뜻 힘을 실어 주었다.

소장의 요청대로 모티브 하우스는 같은 해 11월 청소년 진로 찾기 행사를 가졌다. 실로 안타까운 점은 행사에 참여한 대부분의 청소년들이 자신의 꿈에 대해 말하기를 꺼려한다는 것이었다. 성인들, 특히 40~50대의 뜨거운 반응과 비교하면 청소년들은 차가운 얼음덩어리를 만지는 것 같았다.

"자퇴에 자살 학생까지, 현재 우리나라 청소년의 현실은 암담하기 이를 데 없어요. 이 점은 대학도 예외가 아니라고 봐요. 대학을 위한 대학만 존재한다고 할까요. 좀 더 가치 있는 직업에 앞서 직업을 위한 직업들이 만연해 있어요. 사정이 그렇다 보니 자신이 왜, 무엇 때문에 사는지조차 모르고 살아가는 청소년과 청년들이 한두 명이 아니고요."

동호회 회원인 한 청년의 이야기다. 올해 스물일곱 살인 그는 일하는 게 재미없을 뿐만 아니라 갈수록 힘들다고 했다. 본인이 원해서 이 일을 하는 게 아니라 국방의 의무처럼 안 죽으려면 할 수밖에 없다며. 가정을 둔 삼십 대 중반의 남성 역시 자신이 왜 사는지조차 모른 채 하루하루를 어항 속 물고기처럼 살아간다며 허탈한 심경을 털어놓았다. 600여 명의 회원을 둔 동효 씨는 바로 이럴 때 잠을 이룰 수 없다. 자신이 왜 사는지조차 모르고 살아가는 것처럼 무서운 형벌이 또 있

을까? 그렇다면 국가는 무엇 때문에 존재하며, 사회는 우리에게 무엇이란 말인가!

"얼마 전 한 회원이 사무실로 찾아와 이런 말을 했어요. 나이만 벌써 50이지 정작 자신은 지금까지 한 번도 자신을 돌아본 적이 없었다고요. 학교를 다닐 적엔 부모님을 위해, 그다음은 처자식을 위해 살았는데 모티브 하우스를 통해 자신을 돌아보니 정작 자신은 어디에도 없더라는 거죠."

자연 동효 씨의 마음도 바빠질 수밖에 없었다. 저와 같은 어른들이 더 생겨나기 전에 청소년들에게 자신의 꿈을 찾는 방법을 알려 주고 도와주고 싶었다. 요즘 우리나라 청소년들이 제일 많이 쓰는 영어 단어가 스트레스(stress)라지 않은가.

지난해 11월이었다. 청소년 진로 찾기 행사를 마쳤을 때 청소년센터 소장은 대한민국 땅에 자신의 꿈 찾기 학교를 한번 만들어 보지 않겠냐며 강한 의지를 보였다.

"일종의 대안학교인 셈인데요, 거점사업이라고 할 수 있죠. 현재 청소년센터와 손잡고 진행 중에 있고요."

나는 꿈꾼다

더 늦기 전에 그동안 학력으로 인한 어려움은 없었는지, 그 점에 대해 물어야 할 것 같았다. 83퍼센트(대졸)와 17퍼센트(고졸 이하)에서 동효 씨는 후자에 속했던 것이다.

"일주일 간격으로 대학을 졸업한 친구들과 술자리를 갖곤 하는데 그때마다 느끼는 건 의외로 친구들이 국가와 사회, 그리고 부모에게 받은 피해의식이 생각보다 깊다는 거예요. 그에 비하면 저는 굉장히 운이 좋았다고 할 수 있죠. 대학에 진학하지 않았기 때문에 하고픈 일을 하며 이십 대를 지냈지 않습니까."

하지만 그의 다음 말에서 왠지 냉소가 묻어났다.

"대학을 다닌다는 게 뭐죠. 더 좋은 직장과 더 많은 돈을 벌기 위해서요? 그렇다면 그 결과는 어떻죠. 청년 실업자 수가 줄고 있느냐는 겁니다. 이처럼 대학이 계속해서 욕망의 전차를 꿈꾸는 곳이라면 저는 과감히 버리겠어요. 나중에 그 대학들이 한국 사회를 굉장히 추운 나라로 만들고 말 테니까요."

대체복무로 공익요원을 할 때였다. 그때도 운이 따랐던지 보건복지부에서 사회복지요원을 선발했다. 소정의 전문 교육을 마친 동효 씨는 청소년 시설과 양로원 등에 투입되었다.

"조금 일찍 이 이야기를 했었어야 하는데 그만 깜빡하고 말았네요. 제가 사회적 기업을 꿈꿀 수 있었던 것은 사회복지 시설에서 대체복무를 해서 가능한 일이었어요. 그러니까 저에게 군복무는 4년제 대학을 졸업한 것보다 훨씬 더 의미 있는 미래를 설계할 마중물이 되어준 셈이죠."

그의 말처럼 사회복지 요원으로 복무한 2년은 가문 논에 단비나 다름없었다. 꿈과 맞물리는 가치·성격·재능·직업의 4원칙을 그 무렵에 배웠던 것이다. 지금의 모티브 하우스도 그 과정을 통해 구상된 결과였다.

"모티브 하우스 설립 전에 구상한 틀은 지금의 학교 교육과 달라야 한다는 점이었어요. 지면 안 되는 것이 아니예요. 승리보다 더 큰 힘이 감사와 배려에 있다는 게 제 구상이었죠. 공부에 질리는 건 그나마 다행이지만 인생에 질린다면 곤란한 일이잖아요. 치료 또한 이미 늦을 수 있고요."

덧붙여 그는 요즘 문제아들이 예전 문제아들과 조금 다른 경향을 보인다고 말했다. 예컨대 예전 문제아들이 단순히 폭력적이었다면 요즘

"대학을 다닌다는 게 뭐죠. 더 좋은 직장과 더 많은 돈을 벌기 위해서요?
대학이 계속해서 욕망의 전차를 꿈꾸는 곳이라면 저는 과감히 버리겠어요."

문제아들은 자신의 욕구를 잃어버렸다는 점이 동효 씨의 진단이었다.

"바다로 나아가기 위해서는 반드시 강을 거쳐야 하듯, 3년 가까이 지켜본 결과 우리나라 청소년들이 자기계발이 부족해 불행해진 건 아니었어요. 이 모든 게 토끼몰이식 교육이 불러온 서두름의 병폐였죠."

서른, 결코 적은 나이는 아니었다. 결혼에 대해 묻자 동효 씨는 마음을 먼저 강조했다.

"나이가 찼으니 결혼을 해야 한다는 식의 삶은 저와 궁합이 잘 맞지 않는 것 같아요. 국가가 원해서, 기업이 원해서, 그리고 부모님이 원해서 마치 군인처럼 살아가는 청소년과 청년들을 한번 보세요. 사랑과 결혼도 이처럼 그 틀을 넘어서야 한다고 봐요. 자연스러운 게 가장 보편적이라고 할까요. 결혼도 그런 마음이 출렁일 때 하고 싶어요."

퇴근시간이 가까워지고 있었다. 모티브 하우스에서 일하는 다섯 명의 직원과 함께 장소를 인근 삼겹살집으로 옮겼다.

소주를 곁들여 저녁을 먹는 자리였다. 우리 서 대표님은 얼굴에 박힌 여남은 깨알점이 매력이라며 곽수경 씨가 치켜세우자, 뒤질세라 옆에 있던 막내 직원이 이학종 공동대표를 내세워 맞불을 놓았다.

"보시다시피 우리 이학종 대표님은 핸섬보이 중에 핸섬보이세요. 매너 또한 스카우트용이고요."

화기애애한 분위기 속에 삼겹살과 술잔이 익어 갔다. 다섯 명 중 가장 연장자인 곽수경 씨에게 술잔을 건넨 동효 씨가 잠시 입을 열었다. 학력과 관련한 이야기였다.

"고졸 출신으로 살다 보면 늘 위험지대에 놓여 있다는 걸 스스로 깨닫게 돼요. 물론 저에게는 그 위험지대에 놓여 있을 때가 가장 행복한 순간이기도 했어요. 기회는 곧 위기 속에서 주어지는 용기 있는 자들의 몫이 아닐까요? 단단한 껍질 속에 제 몸을 숨긴 조개의 부드러운 속살처럼 말이죠."

적어도 장식장에 틀어박힌 여행용 소품처럼 살고 싶지 않다는 동효 씨의 말을 끝으로, 어느새 헤어져야 할 시간이 되었다. 배웅을 위해 일부러 술을 마시지 않았다는 이학종 씨 말에 막내 직원의 모습이 떠올랐다. 스카우트용보다는 '매너남'이 훨씬 더 정감 있어 보였다.

심야버스를 타기 위해 터미널로 향하는 길이었다. 차창 밖 야경 속으로 영화 〈모터사이클 다이어리〉가 스쳐 지나갔다. 스물아홉 살 알베르토 그라나도와 스물세 살 아르네스토 게바라가 중고 오토바이를 타고 남미 대륙횡단을 떠났을 때처럼, 훗날 서동효·이학종 씨도 이런 이야기를 나누지 않을까 싶었다.

'이건 영웅담이 아닐세. 단지 일치된 꿈과 열망으로 가득 차 있던 두 사람의 이야기라네.'

문득, 그럴 거라는 생각이 들었다.

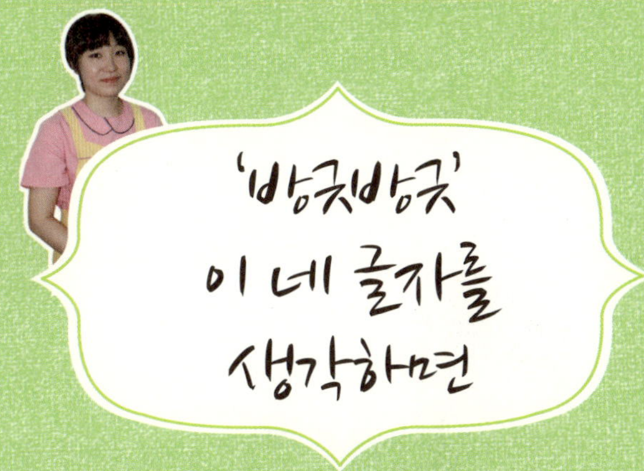

별은 내 가슴에 | 여자는 저절로 예뻐지지 않는다 | 사생활이 궁금하다 | 간호조무사
각자 5,000만 원 | 방긋방긋

미즈아이병원 8층 산후조리원. 세면대에서 손을 씻은 후 초록색 가운으로 갈아입었다.

소파에 앉아 유리창 너머의 신생아들을 보고 있을 때였다. 목욕 시간이라는 말에 잠시 소파에서 몸을 일으켰다. 사십 대 초반쯤 될까? 간호사의 손놀림이 여간 노련한 게 아니다. 3~4분 간격으로 목욕을 마친 신생아들이 히아신스처럼 피어났다. 이유나 씨는 그 베테랑 간호사를 보조하는 중이었다.

별은 내 가슴에

　오후 2시경 비어 있는 산후조리실로 장소를 옮겼다. 먼저 유나 씨의 가족 관계가 궁금했다.

　"아빠는 화물배송 일을 하고 계세요. 여동생은 올해 대학을 졸업했고, 남동생은 군에서 제대해 얼마 전 복학했고요."

　유나 씨는 목포 이로초등학교를 졸업했다. 당시의 기억 중에서 들려줄 만한 추억이 있느냐 물었더니 엄마들의 치맛바람을 꺼내들었다.

　"지금보다 그때가 더 드셌던 것 같아요. 교장과 담임에게 돈 봉투를 건네는 건 예사고, 수업 시간에 까마귀였던 친구가 시험 때면 날개를

달 정도로 성적을 부풀리는 일이 비일비재했거든요."

상황이 그렇다 보니 교실은 조금 산다는 애들과 그렇고 그런 애들, 손바닥으로 하늘을 가릴 줄 아는 애들과 그렇지 못한 애들로 나뉘었다. 유나 씨는 후자에 속했다.

"교실 돌아가는 분위기를 익히 알고는 있었지만 그렇다고 그걸 겉으로 드러낼 만한 성격은 못 되었던 것 같아요. 사는 곳마저 시골이어서 그럴 만한 시간적 여유도 없었고요. 등교 때는 출근하는 아빠가 차로 태워 줬고, 수업을 마치면 곧장 버스를 타러 가야 했거든요."

초등학교 6년 과정의 성적을 묻자 노력파는 아니었다는 대답이 곧 돌아왔다. 그나마 빛났던 시절은 4학년 2학기로, 교내 수학경시대회에서 최우수의 영예를 안았다.

"그때 탄 상은 그룹과외 덕이라고 할 수 있어요. 담임보다 학원 강사가 더 엄했으니 무슨 수로 배겨나겠어요."

그런데 하필 그 무렵 안재욱·최진실이 주연한 안방 드라마가 세상을 적잖이 들쑤셔 놓았다. 1997년 봄 유나 씨도 〈별은 내 가슴에〉가 일으킨 파고에 그만 폭 빠져들고 말았다.

"가수로 열연한 안재욱 오빠가 하루도 거르지 않고 꿈에 나타났다면 게임은 이미 끝난 것 아닌가요. 15년 전 드라마여서 기억이 좀 가물가물하긴 하지만 대사 몇 개 만큼은 지금도 생생해요. '내가 물건이냐, 니가 부탁하게.' '사랑한다, 죽을 때까지.' 노래 속에 이런 가사도 있었던 같아요. '힘들 땐 내 품에 기대어 울어도 좋아. 내 옷을 흠뻑 적셔도…….'"

이럴 때 보면 자신이 참 유치찬란한 것 같다면서도 웬걸! 유나 씨는 고아원 출신의 의상 디자이너가 갖은 역경 속에서도 성공과 사랑을 동시에 거머쥔 〈별은 내 가슴에〉에 그만 흠뻑 빠져 버렸다. 하기야 그 무렵 책받침에 안재욱·최진실 커플을 담은 사진이 불티나게 팔려 나갔으니 누군들 공부가 눈에 들어왔을까. 뒤이어 텔레비전에 룰라까지 등장해 춤을 춰 대자 공부는 자연 뒷전으로 밀려날 수밖에 없었다.

"조용한 편에 속한 성격이 한곳으로 빠져드니까 걷잡을 수 없더라고요. 초등학교 시절에 제가 얼마나 조용한 아이였는지 아세요? 6학년 때 글쎄 화장실에서 볼일을 보고 나오는데 어떤 선생님이 이렇게 묻지 않겠어요. 너 처음 보는 애 같은데 어느 학교에서 전학 왔냐고요."

이랬던 유나 씨가 변화를 보이기 시작한 건 중학교 입학 무렵이었다. 가까운 친구들마저 자신을 얼간이로 보는 것 같아 유나 씨는 이번 만큼은 새 술을 새 부대에 담아 볼 작정이었다.

"나름대로 꽤 몸부림을 쳤는데도 그게 쉽지만은 않았어요. 우선 변화를 꾀하려면 좀 까져야 하는데, 그때 제일 미운 사람은 아빠였습니다. 교과서로 치면 우리 아빠, 윤리와 수학이거든요."

여자는 저절로 예뻐지지 않는다

자신의 성격 개조를 간절히 바랐던 유나 씨에게 목하 기회가 찾아온 건 중 2 때였다. 같은 반 친구 둘과 자주 어울리다 보니 비좁은 골목에서 초원으로 자리를 옮겨 온 듯했다.

"중 2 때 화장을 첨 해 봤는데요, 그날 친구들이 깔깔대는 바람에 얼굴이 좀 화끈거리긴 했어요. 기초화장조차 할 줄 모르는, 그야말로 숙맥 중에 숙맥이었거든요."

첫 화장을 통한 변화, 분명 그것은 내가 여자라는 사실을 일깨워 준 또 다른 세계임에 틀림없었다. 입술에 립스틱을 바르고 눈 화장을 할 때면 누군가에게 첫 편지를 쓸 때처럼 가녀리게 손이 떨렸다. 더욱 놀라운 사실은 화장을 다 마치고 거울 앞에 섰을 때다. 감쪽같이 변신한 자신의 모습에 유나 씨는 흥분을 감추지 못했다. 그새 교복도 학교용과 가정용, 두 벌로 늘어난 상태였다.

"어느 날 친구가 이런 말을 들려주었어요. 여자는 절대 저절로 예뻐질 수 없으며, 꾸미고 가꿀 때만 비로소 꽃으로 피어난다고요."

그러나 꼬리가 길면 잡히는 법, 며칠 전부터 엄마의 표정이 심상치 않았다. 유일하게 학부모와 학교 사이에 직통으로 연결된 성적표가 화근이었다.

"얻어맞지는 않았지만 대신 귀가 따가워 견딜 수 없었어요. 엄마 입에서 쏟아져 나오는 잔소리는 이과수폭포 그 이상이었으니까요. 자고 나면 쏟아내고, 자고 나면 또 쏟아내고……."

고등학교 진학을 앞두고 유나 씨는 선뜻 진로를 결정하지 못했다. 본인은 내심 Y고를 원했지만 현재의 점수로는 J여고도 어려워 보였다.

진학상담을 마치고 교무실을 나온 유나 씨는 입술을 잘근 깨물었다.

"열 명의 남녀가 이미 정해진 삶을 살아야 한다면
좀 으스스하지 않을까요? "

어쨌든 선택마저 어려운 상황이고 보니 부모님께 뭐라고 드릴 말씀이 없었다. 두 동생에 비하면 자신의 처지가 한심할 뿐이었다.

"하나를 얻었으니 다른 하나를 내놔야 한다는 말이 그때처럼 실감 나게 다가온 적도 없었어요. 아무튼 그해 겨울은 너무 추웠습니다."

무슨 삼종세트처럼 집-학교-독서실로 이어지는 길에서 잠시 숨을 고를 때였다. 다람쥐 쳇바퀴 돌듯 삼시세끼를 그 밥에 그 나물만 먹으려니 곧 질리고 말았다.

"열 명의 남녀가 이미 정해진 삶을 살아야 한다면 좀 으스스하지 않을까요? 연예인만 보더라도 배우, 가수, 아나운서, 개그우먼 등 종류가 다양하잖아요."

그렇지만 학교는 학교일 뿐이었다. 고등학교 입학과 동시에 신입생 전체가 12개 반으로 나뉘더니 이번에는 우수반과 보통반으로 다시 나뉘었다. 운이 따랐던지 유나 씨는 중학교 과정 전체 성적으로 반배치를 한 터라 우수반에 간신히 꼽사리를 낄 수 있었다.

한껏 부풀었던 가슴풍선에서 피시시 바람 빠지는 소리가 들려온 것은 그로부터 이틀 만이었다. 우수반에서 또다시 순위가 정해지자 유나 씨는 보통반으로 내려가고 싶었다. 아무리 생각해 봐도 우수반 배치는 아니 온 것만 못했다.

"암기 위주의 공부가 무슨 수로 이해력 공부를 따라갈 수 있겠어요. 친구들은 벌써 정상을 코앞에 두고 있는데 저는 만날 산 입구에서 허둥대는 꼴이었죠."

사생활이 궁금하다

야간자율학습 시간에 주어지는 30분 외출은 하루 중에서 가장 즐거운 한때였다. 저녁 7시경이면 학교 앞은 와자지껄 먹자골목으로 변했는데, 친구들과 함께 순댓집으로 들어간 유나 씨는 소주부터 한 잔 들이켰다. 캬! 이 맛을 세상 무엇에 비기랴!! 하루치의 피로와 그동안 쌓인 스트레스가 한 방에 날아갔다. 그러고 보니 어른들의 심정을 조금은 알 것도 같았다. 학교 앞 순댓집에서 들이키는 소주 한 잔은 박카스 한 상자와도 바꿀 수 없는 정통 피로회복제였다.

또 여고 시절은 교사들 가운데 미스가 먼저 눈에 띌 수밖에 없었다. 미시와 견줘 미스는 아무래도 세상 때가 아직 덜 묻어 그런지 순수한 여성성을 그대로 간직한 채였다. 뿐만 아니라 미스 교사 대부분이 대도시에서 소도시로 발령을 받아 온 터라 어투는 부드럽고, 의상은 세련되고, 화장은 멋스러웠다.

"부풀었던 우리의 기대가 팍 깨진 건 약사와 결혼한 교사 때문이었어요. '순수 1번지'였던 선생님이 약사와 연애를 하고부터 '뻔뻔 1번지'로 돌변한 거죠."

그런가 하면 칠색조(七色鳥)처럼 매일 다른 옷을 입고 출근하는 교사도 있었다. 자연 학생들 사이에서 그녀는 '미스터리녀'로 통했다. 하지만 그녀의 양파껍질도 오래가지는 못했다. 과학을 가르쳤던 교생실습 때와 다르게 그녀는 무슨 영문인지 영어 교사로 바뀌어 있었다. 그녀의 정체가 드러난 건 학교 이사장과의 관계 때문이었다. 겨울철이면 밍크코트를 입고 출근하는 미스터리녀는 그러니까 배경이 든든한 낙하산 교사로 밝혀졌다.

"남고(남자 고등학교)는 어떤지 잘 모르겠지만, 여고의 경우는 교사들의 사생활이 궁금증 1순위라고 할 수 있어요. 화장을 비롯해 헤어스타일, 옷, 심지어 액세서리까지, 차림새에 눈이 먼저 갈 수밖에 없습니다. 가장 가까이에서 가장 자주 보는 교사들이 롤모델이 된다고 할까요. 그렇지만 미스터리녀는 꼴도 보기 싫었어요. 속도를 위반(혼전 임신)한 여교사 역시 학생들의 비웃음을 면치 못했고요."

그 기간은 보통 두세 달 안팎이었다. 넉넉잡아 두 달만 겪고 나면 사주쟁이처럼 선견지명이 생겼다. 저 교사는 밥벌이형, 저 교사는 태생부터 제멋대로형, 저 교사는 속물에 아부형……. 그중에는 학생을 먼저 생각하는 교사도 몇 있었다.

화장법을 제대로 익힌 건 고 2 때였다. 화장은 자신감을 심어 주는 묘한 마력이 있었다. 살짝 터치만 했을 뿐인데도 그 이상의 효과를 나타냈다.

"수학여행은 어땠습니까?"

"우리는 수학여행을 '과외여행'이라고 불렀어요. 솔직히 이름난 고적지나 관광지에 혹해 수학여행을 떠나는 학생이 과연 몇이나 될까요? 그런 데 가서는 사진만 몇 장 찍으면 되는 것 아닌가요."

제주도로 2박 3일 과외여행을 떠나는 날이었다. 학생들이 지녀서는 안 되는 금지 품목을 조목조목 나열한 담임은 승선 때 학생들의 가방까지 검색하는 열정을 보였지만 다 부질없는 짓이었다. 제주도 숙소에 도착해 음료수병 뚜껑을 열자 크, 알코올 냄새가 진동했다.

"화장을 해 보면 알아요. 채송화를 장미꽃으로 바꾸는 데 걸리는 시간이 눈 깜짝할 사이라는 것을요."

경북 영주에 사는 한 남학생을 알게 된 건 인터넷 채팅을 통해서였다. 세이클럽과 휴대전화 문자로 안부를 주고받던 유나 씨는 여름방학을 맞아 그를 목포에서 만났다.

"그런데 있잖아요, 사진은 정말 믿을 게 못 되더라고요. 실물을 직접 보니까 사이즈가 아닌 거예요. 그중에서도 머리는 평균 사이즈를 초과한 상태였고요."

그렇지만 어쩔 것인가. 영주에서 목포까지의 거리를 생각하면 더더욱 그랬다. 방금 친구도 말하지 않았던가. 목포에 사는 너를 만나기 위해 편의점에서 한 달 동안 아르바이트를 했노라고. 일일 가이드를 자처한 유나 씨는 영주에서 대구, 대구에서 광주, 광주에서 목포까지 꼬박 6시간을 달려 온 친구에게 목포의 상징물인 평화광장과 유달산 조각공원을 안내해 주었다.

간호조무사

대학 진학 상담 결과 모든 게 어중간해 보였다. 이제 열려 있는 문이라곤 재수뿐이었다. 이왕 이렇게 된 거 유나 씨는 하루빨리 목포를 벗

어나고 싶었다. 하지만 부모님의 반대가 생각보다 완고했다.

"수시전형에서 떨어지고 나니까 밥맛도 없고, 친구들 보기도 창피하고……. 마치 정전이 되었을 때처럼 세상 모든 길들이 하루아침에 뚝 끊긴 기분이었어요."

도리 없이 유나 씨의 일과는 다시 집에서 학원, 학원에서 도서관으로 이어졌다. 교복을 입었을 때와 비교하면 지금은 천지차이였다. 스무 살, 누구나 먹는 나이인데도 재수생의 스무 살은 왠지 더 초라해 보였다. 집 앞 정류장에서 버스를 타면 아는 얼굴들이 대부분이어서 고개조차 들 수 없었다. 변명이 좀 구차스럽긴 하지만 학원을 그만둔 이유도 바로 그 때문이었다.

"남자가 재수하는 것과 여자가 재수하는 건 다르더라고요. 버스에서 아는 얼굴들을 만나면 하나같이 혀를 찼습니다. 여자가 무슨 재수까지 하느냐는 거였죠."

학원에 이어 재수까지 그만둔 건 지금의 남자 친구를 만난 뒤였다. 우리 누나도 너처럼 대학에 별 흥미를 느끼지 못해 간호사가 되었다는 그의 말에 유나 씨는 귀가 솔깃해졌다. 무슨 일인지 극구 반대 입장만 펴 왔던 부모님의 반응도 예전과 달랐다.

"광주로 가도 좋다는 부모님의 승낙이 떨어져 기분은 좋았지만 학원비가 걱정이었어요. 목포는 월 10만 원인 데 비해 광주는 16만 원이나 했으니까요."

내심 자취생활을 바랐던 유나 씨는 쪽방 고시원에 짐을 풀었다. 사흘 뒤 그는 간호양성소 수업을 마치기 바쁘게 편의점으로 달려갔다. 목포를 떠나 올 때 부모님과 한 약속대로 생활비는 자신이 벌어야 했다.

난생처음 접하는 의학용어 때문인지 간호조무사 수업은 아직 갈 길이 멀어 보였다. 용어들이 온통 영자(英字)뿐이어서 암기 위주의 공부가 되레 방해가 되었다.

"습관이 참 무섭더라고요. 중·고등학교를 통틀어 몸에 밴 게 있다면 암기 위주 공부였잖아요. 머리만 있고 정작 가슴은 보이지 않는."

일회용에 불과한 습관을 극복코자 유나 씨는 수업 도중 의문 나는 점이 있으면 바로바로 질문을 던졌다. 거기에 따른 강사의 설명이 보태져야 비로소 강이 보이고 바다가 보였다.

실습 기간에는 메모가 큰 자산이 되었다. 의사와 간호사들이 들려

주는 이야기를 그때그때 받아 적기만 했는데도 실수를 절반쯤 만회할 수 있었다.

"저도 언젠가 책에서 읽은 건데, 자신의 귀와 눈에 배신당하지 않으려면 손을 먼저 믿으라 하기에 따라 했더니 실습 때 정말 자신감이 생기는 거 있죠. 손만 한 믿음이 없더라고요."

간호보조원이라는 이름이 간호조무사로 바뀐 때는 1987년도로, 의료법을 개정하면서였다. 당시만 해도 간호조무사는 간호사를 보조하는 단순 업무자로 인식되었다. 하지만 지금은 간호 업무 및 진료 업무를 보조하는 역할을 하고 있다. 시험 과목은 기초간호학개요(치의학 및 한의학 기초개론 포함)·보건간호학개요·공중보건학개요(의료 및 전염

병 관계 법규 포함)이다. 이 세 과목을 이수하면 곧 실기로 이어지는데, 자격증 시험 기회는 매년 1회 이상 주어진다.

10개월 만에 이 과정을 다 마친 유나 씨는 첫 직장으로 내과를 원했다. 그러나 먼저 취업한 선배들의 이야기를 듣고 보니 망설임이 앞섰다. 간호조무사는 그저 시키는 일만 해야 한다는 둥, 응급환자는 의사와 간호사가 도착할 때까지 기다려야 한다는 둥 왠지 모를 차별이 한눈에 보이는 것 같았다. 그뿐만이 아니었다. 개인 병원은 근무 환경이 그보다 더 열악했다. 오전 9시부터 오후 7시까지 근무를 하는데도 급여가 100만 원에도 못 미쳤다.

"직장도 그렇고 사람도 그렇고, 처음이 가장 중요한 것 같아요. 자격증을 땄다며 서두르다 보면 두세 달을 못 버티고 사직하는 경우가 허다하거든요. 그러다 보면 몸 고생에 마음고생까지, 간호조무사라는 직업이 왠지 서럽게 느껴질 수도 있고요. 말 그대로 간호조무는 의사와 간호사를 도와 환자를 치료하고, 간호에 필요한 물품과 병실을 준비하는 일이잖아요."

여고 시절 단짝으로 지낸 친구의 어머니로부터 지금의 직장을 소개받은 유나 씨는 사흘만 말미를 달라며 부탁했다. 첫 직장으로 내과를 마음에 두었던 터라 며칠 더 생각할 시간도 필요했지만 그만큼 산후조리원으로 마음을 결정하기는 쉽지 않았다. 결혼 뒤에도 직장생활을 계속할 수 있다는 점에서는 분명히 선호 대상이지만, 다른 한편에서 주사와 처치 등 그동안 배운 의료에서 멀어질 수 있다는 단점을 갖고 있었다.

"산후조리원을 선택한 가장 큰 이유는 세상에 막 태어난 신생아들과 지낼 수 있다는 점이었어요. 입사 전 몰래 지금의 병원을 이틀간 살펴본 적이 있는데, 신생아들을 보는 순간 저도 모르게 마음이 끌려버렸어요."

각자 5,000만 원

여름에 입사한 터라 처음 며칠은 도통 정신을 차릴 수 없었다. 일과를 마치고 나면 온몸이 땀으로 흠뻑 젖었다. 그사이 깨달은 점도 있었다.

"첫 입사 때 가장 많이 들었던 말이 뭐였는 줄 아세요. 너, 그렇게 하면 안 돼! 신생아들은 말을 못하잖아! 이 두 가지였어요."

베테랑 간호사의 충고에 유나 씨는 정신이 번쩍 들었다. 그리고 그 충고는 며칠 뒤 발등에 떨어진 불처럼 다가왔다.

젖은 기저귀를 갈고 분유를 먹이는 일은 보름쯤 지나 곧 익숙해졌지만, 산모들이 전화를 걸어 오거나 신생아실로 직접 찾아와 질문을 할 적엔 등에서 식은땀이 흘러내렸다. 그때마다 유나 씨는 잠깐, 잠깐만 기다려 달라며 양해를 구한 뒤 담당 간호사를 찾아갔다.

"입사 3개월까지는 제가 바로 말 못하는 신생아 꼴이었어요. 더구나 3교대 근무를 하다 보니 적응이 더딜 수밖에 없었죠. 차츰 안정을 찾은 건 애프터(오후 2시~10시) 근무를 할 때였어요. 데이(오전 6시~오후 2시) 때 꽁꽁 얼어 있었다면 애프터는 조금씩 여유가 생겼어요. 목욕을 시킨 뒤 분유를 먹이면 신생아들은 두세 시간가량 잠을 자는데, 하루 중에서 그때가 제일 한가로운 시간이에요."

첫 월급이 예금통장으로 들어온 날이었다. 그때까지만 해도 내과 근무에 대한 미련을 떨쳐 버리지 못한 유나 씨는 비로소 마음을 굳혔다.

"실수령액만 150만 원이었어요. 첫 급여로 그 정도 대우를 받는다면 괜찮은 직장이라 여겼고요."

유나 씨는 일과(3교대) 중에서 데이 때가 제일 바쁘다고 했다. 입·퇴원하는 산모들이 많은 탓이다. 입원한 산모들과 함께 지내는 시간은 평균 일주일로, 유나 씨는 이들이 머물렀다 떠난 산후조리실을 청소하고 정리한다. 애프터와 나이트 때는 주로 신생아들의 목욕, 처치, 드레싱, 소독하는 일을 한다.

"산후조리원에서 근무한 지도 벌써 5년째입니다. 신생아들과 함께하다 보면 주로 어떤 생각이 듭니까."

"글쎄요, 눈으로 봐서는 잘 몰라요. 성별 구분도 어렵고요. 반면 3~4킬로그램의 신생아를 목욕시킬 때 보면 팔과 다리에 근육이 만져지는데, 바로 그때가 하루 중에서 제일 흐뭇한 시간이 아닐까 싶네요."

하루는 이런 일도 있었다. 분유를 먹던 중 신생아의 얼굴빛이 갑자기 시퍼렇게 변하고 말았다. 간호사의 도움으로 위기를 넘긴 유나 씨는 그 잠깐 사이에 지옥을 다녀온 기분이었다.

"사레가 걸렸던가 봐요. 생후 몸무게가 미달인 신생아는 건강한 신생아에 비해 배 고생을 하는데 그게 문제를 일으켰나 보더라고요."

걸려 온 전화를 받느라 이야기가 잠시 중단되었다. 내과 병원에 근무하는 간호양성소 동료라고 했다.

이번에 들려준 이야기는 산모와 관련한 것이었다.

"출산 후 2~3일 지나면 산모들이 입원실에서 산후조리실로 올라오는데요, 그때마다 참 대견하다는 생각이 들어요. 그리고 또 하나는, 세상이 공평하다는 거예요. 잘났거나 못났거나 부자거나 가난하거나 출산 때만큼은 그 진통의 무게가 똑같다고 할까요."

결혼은 서른 즈음에 할 거라고 했다. 간호조무사의 길을 알려 준 남자 친구가 얼마 전 취업을 했는데, 지금 그를 기다리는 중이라고 했다. 물론 결혼에 대한 목표는 이미 세워 두었다.

"각자 5,000만 원은 있어야 결혼식을 올리고 둘만의 보금자리를 마련할 수 있겠더라고요. 그리고 이건 병원에서 일하며 깨달은 건데요, 아이는 되도록 빨리 가질 생각이에요. 이곳에서 만나는 산모들을 보더라도 사랑은 잉태를 통해 완성되더라고요."

해서 유나 씨는 결혼 후 아이를 낳으면 당분간 직장을 그만둘 생각이다. 적어도 엄마란 갓 태어난 생명을 일정기간 보호해 주고, 그 생명과 24시간 함께 있어 줘야 할 의무가 있기 때문이다.

"신체 건강한 대한민국 남성이면 누구라도 국방의 의무를 다하잖아요. 그렇다면 여성들도 자신이 출산한 아이를 적어도 20개월 동안은 의무적으로 돌볼 필요가 있지 않을까요."

이에 대해 유나 씨는 정부의 복지정책을 들먹였다.

"적으로부터 국민을 보호하는 것도 물론 중요하죠. 하지만 자녀를 출산해 나라를 먹여 살리는 것도 시급한 과제가 아닐까요."

방긋방긋

지난해 승용차를 구입한 유나 씨는 요즘 자신만의 시간을 즐기는

중이다. 그동안은 결혼비용을 모으느라 앞만 보고 달려왔지만 이제부터는 속도도 좀 늦추고 주변도 살피면서 갈 거라고 했다.

"결혼 전에 저만의 휴가를 당겨 쓰는 중이라고 할까요. 지난해부터 목포에서 가까운 여행지를 찾아다니고 있는데 정말 좋아요."

오후 6시, 음식 중에서 삼겹살을 제일 좋아한다는 유나 씨의 말에 자리를 삼겹살집으로 옮겼다.

"저출산 문제로 걱정이 태산인 대한민국을 위해서라도 아이는 둘 이상 낳을 건데요, 그때 꼭 보여 주고 싶은 게 있어요."

"그게 뭐죠?"

"삼겹살을 먹는 모습이요. 언젠가 식당에서 두 모녀가 삼겹살을 구워 먹는 모습을 본 적 있는데, 한시도 눈을 뗄 수 없었습니다. 그렇게 아름답고 그렇게 푸짐한 광경은 태어나 처음이었으니까요."

삼겹살에 소주 한 잔, 그러고 보니 유나 씨는 엎어치나 메치나 메이드 인 코리아였다.

"여자는 스물다섯 살이 참 중요한 것 같아요. 그 무렵에 쓴 일기장을 얼마 전 펼쳤더니 이렇게 적혀 있더라고요. 여자 나이 스물다섯은 연애와 함께 결혼을 생각할 나이, 그리고 여자 나이 스물다섯은 앞으로 태어날 2세를 고민해야 할 나이라고요."

이렇게 된 데는 그만한 이유가 있었다. 신생아들의 젖내음과 풋살은 깨물어 주고 싶도록 달콤했다. 그리고 방긋방긋, 이 네 글자만 떠올리면 금세 생기가 돌았다.

"방긋방긋. 이보다 아름다운 단어가 또 있을까요. 저한테는 사랑이니 연애니 하는 단어가 오히려 더 가볍게 느껴졌어요."

식당을 나와 작별의 악수를 건넬 때였다. 방긋방긋 웃던 유나 씨가 내게 이 말을 들려주었다. 누군가에게 꼭 필요한 직업을 가졌기에 행복하다고.

결혼이 좋다

"아내에게 프러포즈를 한 곳이 강원도 태백이었어요. 다음에 좋은
여자 생기면 꼭 태백에서 청혼하고 싶었지요."

서울에서 상주로

2006년 가을, 경북 울진에 살고 있던 정용남 씨는 태백행 기차에
몸을 실었다. 그러나 울진을 출발할 때의 설렌 가슴은 어디에도 없었
다. 22년 만에 찾은 고향은 그처럼 발붙이고 살기에는 왠지 을씨년스
러워 보였다.

"아버지의 본가인 상주에 사셨던 두 분이 태백으로 떠난 속사정에는 거듭되는 어머니의 유산 문제가 있었던 것으로 알고 있어요. 고부 간 갈등이 좀 심상치 않았던 모양이에요."

광부로 일했던 용남 씨의 아버지가 통닭집을 차린 건 서울을 떠나온 지 꼭 네 해 만이었다. 그 무렵 태백에 생닭을 튀겨서 파는 가게가 거의 없었던 터라 장사는 날개 돋친 듯했다. 1982년 마침내 두 번의 유산 끝에 아들이 태어나자 두 사람은 그동안의 마음고생을 훌훌 털어 버릴 수 있었다.

1985년 다시 상경길에 올랐다. 아들의 교육이 염려되어서였다. 용남 씨네 가족은 면목동 아차산 자락에 둥지를 틀었다.

"초등학교 입학을 앞두고 태백에서 화급히 이삿짐을 쌌을 때처럼 어머니는 굉장히 열정적이었어요. 1, 2학년 때 연짱으로 반장을 한 것도 그런 어머니의 치맛바람이 먹혀들었기에 가능했다 할까요."

그런 어느 날이었다. 2학년 담임이 웬 그림을 한 장 가져와서는 다짜고짜 이름만 적어 넣으라 했다.

"길들여진다는 게 참 우습더라고요. 알량한 자존심 때문에 건널목에서 잠깐 머뭇대다가도, 둘 중 하나를 선택하고 나면 그 길이 제 길인 양 아무렇지 않았거든요. 그날이라고 해서 특별히 다르지 않았죠. 이름을 적어 넣고 나자 아무 일 없었다는 듯이 누군가의 그림이 제 그림으로 돌변하고 말았어요. 며칠 뒤에 상도 받았고요."

마른하늘에 날벼락이 떨어진 건 3학년을 맞아서였다. 그동안 두 분 사이에 무슨 일이 있었는지 집에서 더 이상 어머니의 목소리를 들을 수 없었다.

"이 부분에 대한 이야기를 한사코 마다하시는 바람에 저로서도 아는 게 별로 없어요. 다만 한 가지 분명한 사실은, 아버지의 거듭된 만류에도 불구하고 어머니가 외삼촌이 운영하는 함바집을 수시로 오갔다는 점이에요. 그러니까 어머니는 아버지와 헤어질 생각을 이미 하고 계셨던 모양이에요."

그렇다면 용남 씨의 아버지는 어떤 분일까. 일순 용남 씨의 표정이 다소 굳어졌다.

"흥겨움과 엄격함, 이 두 가지를 반반씩 가진 분이었다고 할까요. 이웃들과 어울릴 때는 노래에 춤까지 추는 분이 누군가 원칙을 벗어난 행동을 보일라치면 바로 등을 돌려 버렸죠."

마치 바람처럼 어머니가 떠나 버려 부자간의 셋방살이가 시작되었다. 아버지를 한 번 보려면 용남 씨는 꼬박 엿새를 기다려야 했다. 지방 건설공사 현장에서 일하는 아버지는 토요일 밤늦게 나타나 다음 날 오후면 손을 흔들어 보였다.

"가족이 함께 살 때는 살이 꽤 찐 편이었는데 빈자리가 생기고부터는 금세 빠지더라고요. 학교에 싸 갈 도시락은 꿈조차 꿀 수 없었고요. 아버지가 주고 간 일주일치 용돈으로 가공식품을 사 먹는 게 그나마 끼니를 해결할 수 있는 유일한 차선책이었어요."

그렇듯 하루이틀도 아니고, 부자가 마냥 서울에서 버틴다는 건 몹시 어려워 보였다. 용남 씨의 아버지도 그 점을 벌써 느끼고 있었다는 듯이 그만 상주로 내려가자고 했다. 1992년 6월 현충일을 맞아 부자는 겨우 옷가지만 챙겨 길을 떠났다. 그러나 할머니의 표정이 심상치 않았다. 초등학교 4학년 손자가 반가워 인사를 하는데도 일절 대꾸가 없었다. 하긴 어느 부모가 이혼 끝에 찾아온 자식의 낙향을 반가이 맞을 것인가.

"상주로 내려간 후 좋지 못한 버릇이 하나 생겼습니다. 왜 그렇게 씻는 게 귀찮던지요. 양말 한 켤레를 일주일씩 신고 다닌 걸 보면 정서적으로 뭔가 불안했던 모양이에요."

돌아보면 이 모든 게 서울에서 비롯된 셈이었다. 아버지마저 떠나 버리면 어쩌나. 아버지를 기다리는 주말 밤은 불안의 연속이었다. 세상에서 누군가를 기다리는 일처럼 무섭고 두려운 병이 또 있을까.

한 날 학교에서 돌아오니 할머니가 불러 세웠다. 꾸짖음이 지난번과는 달랐다. 회초리로 찰싹찰싹 종아리를 후려치는 것 같았다. 어린 게 주변의 눈치를 봐도 너무 본다는 게 할머니가 불러 세운 이유였다. 입술을 꽉 깨문 채 잠자코 있던 용남 씨는 자신의 귀가 원망스러웠다. 두 귀가 붙어 있는 한 눈칫병을 고치는 일은 어려워 보였다. 아닌 말로 아버지를 기다릴 때 제일 무서웠던 건 다름 아닌 귀였다. 세상의 모든 소리를 다 들을 수밖에 없는 두 귀가 바로 두려움과 공포를 조성했다.

"5학년 때였어요. 항상 친구들 앞에 서 있던 내가 맨 뒷줄에 있는 걸 알고는 깜짝 놀랐어요. 저도 모르게 그렇게 서서히 날개를 잃어 가고 있었던 겁니다."

예전 모습을 되찾은 건 상주에서 서울로 다시 이사를 한 뒤였다. 눈만 뜨면 얼굴을 부딪쳐야 하는 할머니보다는 차라리 아버지를 기다리는 편이 더 나았다. 친구들도 마음에 들었다. 상주에서 지낼 적엔 길가에 핀 이름 모를 꽃처럼 혼자일 때가 많았지만, 서울은 저 꽃밭 속으로 들어가기만 하면 곧 한통속이 되었다.

"그렇게 길지 않은 시간이었는데도 6학년 때 사귄 동창들이 지금까지 유일한 벗으로 남아 있어요. 어머니가 떠난 뒤로 떠도는 생활을 지속하다 보니 정착이 참 어렵더라고요."

서울에서 다시 문경으로

중학교 입학을 앞둔 무렵이었다. 용남 씨는 가장 먼저 며칠 뒤에 입학할 신구중학교에서 오래오래 머물게 해 달라며 마음속으로 간절히 기도했다.

"논현초등학교로 전학 가 1년을 보낼 때, 같은 반 친구들이 저에게 안겨 준 선물이 그만큼 컸던 게 사실이에요. 황량한 벌판이나 다름없는 저의 가슴을 화단으로 꾸며 줬다고 할까요. 그동안 전학을 밥 먹듯이 한 저로서는 어떻게든 그 친구들과 함께 서울에 뿌리를 내리고 싶었죠."

그러나 한 소년의 간절한 바람도 모른 채 시나브로 일은 엉뚱한 곳에서 터지고 말았다.

"입학하고 채 열흘도 안 되었을 겁니다. 학교에 난데없이 경찰이 상주하기 시작했어요. 얼마 전에 졸업한 초등학교별로 세력다툼이 벌어졌는데, 저로서는 억울할 뿐이었어요. 아직 내용조차 제대로 파악하지 못한 가운데 졸지에 가해자로 몰렸던 거죠. 저보다 약한 애를 몇 차례 때린 것이 빌미가 되었던 모양이에요."

한 학부모의 신고로 일이 일파만파 커지자 학교는 처벌 기준을 세우느라 분주했다. 먼저 도마에 오른 건 가정환경이었다. 가난한 집 학생과 부잣집 학생이 가려지자 이번에는, 가난한 집 학생들이 상중하로 분류되었다. 3단계로 학교 측은 두 부모 가정과 그렇지 못한 가정을 선별해 이번 사건을 일사천리로 마무리 지었다.

"폭력을 먼저 행사한 쪽은 좋은 집에서 기름진 음식으로 힘을 기른 학생들이었는데도 결과는 그렇지 않았죠. 두 부모 가정보다 한 부모 가정에서 자란 학생이 더 위험하다는 게 학교 측의 설명이었어요."

진실이 저 거대한 현실을 이길 수 없다는 사실을 이렇듯 너무 일찍 깨달아 버린 게 잘못이었을까. 용남 씨는 불끈 주먹을 움켜쥐었다.

"중학교 1학년의 눈으로도 보이는 현실이 왜 어른들 눈에는 보이지 않는지, 그 점이 답답하고 원망스러웠어요. 그 사건이 있은 후 모든 불미스러운 일의 결론은 부자와 가난한 자, 양쪽 부모와 한쪽 부모로 나뉘어 최종 선고가 떨어졌거든요."

공부가 될 턱이 없었다. 엎친 데 덮친 격으로 2학년 봄에는 믿었던 아버지마저 녹내장 진단을 받아 생활이 엉망이었다.

"당시만 해도 압구정동 도로 사정이 썩 좋지 못했어요. 울퉁불퉁한 길을 오가느라 다친 아버지의 발을 보고 있으면 가슴이 찢어지는 것 같았죠."

그런 어느 날이었다. 아버지 입에서 다시 시골로 내려가자는 말이 나왔다. 하지만 용남 씨는 듣고도 못 들은 척 침묵으로 일관했다. 그보다 먼저 미운 건 어머니였다. 수소문 끝에 연락을 취했지만 어머니는 끝내 약속장소에 나타나지 않았다.

"그러니까 아버지는 어머니한테 저를 잠시 맡긴 뒤 중국에 가려고 했던 것 같아요. 건설공사 현장에서 만나 호형호제하며 지냈던 분이 당시 장백산에 호텔을 짓고 계셨는데, 그분이 어느 날 전화를 걸어 아버지에게 이런 말을 했다고 해요. 녹내장은 병도 아니니 중국에 꼭 한

번 들어오라고요.”

그러나 상황은 갈수록 더 어려워지고 있었다. 얼마 전에 터진 IMF로 인해 한국 사회가 갑자기 요동치기 시작했다. 멀리 보이는 강이 꿈을 간직한 이상이라면 발밑을 흐르는 강은 눈물이 반이었다.

“건설 현장 십장 정도면 얼마든지 월급을 가져올 수 있는 위치잖아요. 그렇지만 외환위기 때는 하루 세 끼가 걱정이었어요.”

제2의 육이오라고도 불리는 외환위기 때는 여기저기서 파산의 아우성이 요란했다. 사회도 가정도 더 이상 내디딜 만한 틈이 보이지 않았다. 그나마 다행스러운 점은 이번 이사가 상주가 아닌 문경이라는 점 하나였다.

람세스를 읽었다

문경에 도착하자 겨울방학이 코앞으로 다가왔다. 벌써부터 용남 씨는 아버지의 눈치를 살피느라 바빴다. 마음 같아서는 두 달을 함께 보낸 가은중학교 학생들을 따라 가은고등학교에 입학하고 싶었지만 기울 대로 기운 집안 형편이 걱정이었다. 아니나 다를까. 아버지는 문경으로 내려온 지 채 반년도 안 되어 다시 짐을 꾸렸다.

“첫 번째 낙향이 그럴 수도 있는 경우였다면 두 번째 낙향은 입고 있는 옷가지마저 빼앗긴 심정이었죠.”

예상한 대로 함창고등학교는 함창초등학교와 함창중학교를 거쳐 온 토박이들이 대부분이었다. 비집고 들어갈 틈새는커녕 숨조차 제대로 쉴 수 없었다. 그중 제일 힘든 건 쉬는 시간과 점심시간이었다. 이미 자리가 정해진 50분 수업 때와 달리 10분 휴식과 점심시간은 마땅히 갈 곳이 없었다. 다른 나라에서 온 이방인처럼 용남 씨는 그새 풀이 죽고 말았다.

"도시에 비해 농어촌 학교들이 더 친화적일 것 같아도 꼭 그렇지만도 않아요. 마치 오래된 씨족사회처럼 외지인을 향한 텃세가 보통이 아니었어요. 입학할 학교마저 딱 하나뿐이어서 낙타가 바늘구멍을 통과하는 심정이었고요."

한편 고마운 분은 아버지였다. 누가 말했던가, 사생아가 고아로 전락할 확률은 갈증에 물 한 잔을 들이키는 속도와 같다고. 그런 점에서 보면 아버지는 흙이었다.

"뿌리의 모태가 흙이듯 저에게는 아버지가 그랬어요. 혹이나 다름없는 저를 언제고 버릴 수 있었을 텐데도 아버지는 흙처럼 끝까지 지켜 주셨지요."

보름 전부터 성당을 나가기 시작한 아버지처럼 용남 씨도 얼마 전 은신처를 하나 찾아냈다. 도서관은 생각보다 이방인의 몸을 숨기기에 안성맞춤이었다.

"첫 책으로 다섯 권짜리 『람세스』를 읽었는데, 얼마나 재밌던지 시간 가는 줄 몰랐어요. 『람세스』에 힘입어 이번에는 동서양 고전과 세계문학에 도전했죠."

"그때 왜 그런 생각을 하게 되었는지는 지금도 미스터리지만,
뼈 빠지게 일해 번 돈을 학교에 바친다는 것이 바보처럼 느껴졌어요."

공부에 대한 흥미를 잃어버린 탓이었을까. 아니 용남 씨에게 집과 학교란 황량한 벌판에 세워진 망루였는지도 모른다. 해서 그는 틈만 나면 도서관으로 달려갔다. 이곳에서라면 자신이 그토록 간절히 원했던 뿌리를 내릴 수 있을 것 같았다.

한 달 남짓 눈으로 읽고 나니 손으로 무엇인가를 쓰고 싶었다. 숱한 시련과 음모, 죽음마저 이겨 낸 람세스가 용기를 준 게 분명했다. 한 자 한 자 손을 움직여 썼더니 마침내 교내 백일장에서 장원을 차지할 수 있었다.

"친구들이 지켜보는 가운데 중편(소설) 분량의 「혈연」을 완성시킨 건 고 3 때였어요. 수학능력시험이 임박한 무렵인데도 저는 독서와 글쓰기를 통해 더 큰 기쁨을 얻곤 했어요."

글쓰기에 탄력이 붙은 건 학교에 기간제교사가 부임한 뒤였다. 그동안 쓴 작품들을 내밀자 전정옥 교사는 소설의 3대 요소(소재·주제·구성)와 관련하여 더 많은 이야기를 들려주었다.

"고등학교를 졸업했다는 게 신기할 정도로 그 무렵 가정 형편이 말이 아니었어요. 입학과 함께 아버지는 일손을 놓은 상태였죠. 사정이 그렇다 보니 분기당 12만 원씩 나오는 납부금을 해결하지 못해 잘릴 고비를 여러 차례 넘겼죠. 그때 만약 글쓰기를 통해 제 이름 석 자를 각인시키지 못했다면 아마 저는 한동안 수렁에서 헤어나지 못했을지도 모릅니다."

때가 때인지라 학교는 연일 수능과 관련한 이야기로 들썩였다. 용남 씨가 마음에 둔 곳은 경북대학교 국문학과였다. 하지만 담임의 생각은 달랐다. 용남이 너 정도의 실력이면 국어교육학과도 가능하다며 그쪽을 원했다.

"먼저는 담임의 말을 귀담아듣지 않은 제 잘못이 컸어요. 담임의 말대로 정시에 응했다면 얼마든지 합격은 가능했을 테니까요. 그런데도 저는 바보같이 제 처지만 앞세운 나머지 쏠림 현상이 심한 농어촌 특별전형에 응시했다 그만 떨어지고 말았어요."

때늦은 감이 없지 않으나 한편으로 이런 생각이 들기도 했다. 어쩌면 잘되었는지도 모른다는. 만에 하나 입학금은 물론이고 납부금까지 바쳐야 하는 합격이라면 해도 골치였다. 당장 그 많은 돈을 어디에서 구한단 말인가.

그렇지만 아버지의 성화가 이만저만 아니었다. 한국에서 밥 벌어먹고 살려면 적어도 전문대학에서 딴 자격증 하나는 있어야 한다는 게 아버지의 입장이었다. 염치를 무릅쓰고 담임을 찾아간 용남 씨는 보름 뒤 대구보건대학교 소방학과에 입학했다.

"입학금 면제에다 한 학기 장학금을 주겠다는 말에 밑져야 본전이라는 생각이 들었죠."

농어촌특별전형 응시 실패로 한 차례 포기했던 대학, 별다른 느낌은 없었다. 소방과 관련한 이론도 영화 〈타워링〉처럼 문화(문학) 쪽과 관계를 가졌을 때만 입맛이 당겼다. 시간이 지나면서는 찬바람이 더욱 춥게 느껴지는 호주머니 사정도 큰 걱정이었다. 꿈 몇 번 꾸고 나자 집으로 등록금 고지서가 날아들었다.

"2학기 등록금은 사연이 좀 있어요. 할아버지 장례 때 들어온 부조금을 통째로 갖다 바친 탓인지 마음이 영 편치 않았어요. 한 사람의 죽음을 팔아 대체 무슨 영화를 누리겠다는 것인지……."

이제 그 배터리의 수명마저 다한 것일까. 캠퍼스에서 맞는 두 번째 방학은 온통 납부금 걱정뿐이었다.

최대한 빠른 시간 안에 등록금을 벌고 싶거든 울진으로 한번 가보라는 친구의 말에 용남 씨는 무작정 버스에 올랐다. 요령껏 잘만 구르면 한 달 150(만 원)은 문제없다고 했으니 지금으로선 친구의 경험담을 믿어 볼밖에 없었다.

"제 불찰이었어요. 아직 사회 경험이 부족한 탓도 있었고요. 대구를 출발하기 전 친구가 소개해 준 반장과 전화 한 통화만 하고 갔더라도 고생을 덜했을 텐데, 울진에 도착해서야 전화를 걸었더니 벌써 몇 시간째 먹통이었어요. 날은 어두워지죠, 엎친 데 덮친 격으로 호주머니에 남은 돈이라고 해야 8,000원이 전부죠. 버스를 갈아타고 원자력발전소 입구에 도착했을 땐 더 암담했어요. 그 흔한 찜질방 하나 안 보이죠, 배는 고파 오죠, 바닷가라서 겨울바람은 세차죠, 이제 돌아갈 버스마저 끊겼죠……."

마른 떡 한 조각이 절실한 용남 씨는 허름한 여인숙을 찾아 들어갔다. 남은 돈 8,000원에서 여인숙비로 5,000원을 지불하고 나니 당장 입으로 넣을 수 있는 거라곤 상점에서 사 온 빵이 전부였다.

떠날 때가 다가오고 있었다

다음 날 용남 씨를 본 반장의 표정이 잔뜩 부어 있었다. 혼자서 온 거냐? 예. 이런 일 해 본 적 있느냐? 아니요. 학생이냐? 예. 반장이 묻는 말에 예, 아니요로 답하던 용남 씨는 허리를 곧추세웠다. 바로 지금이 아니면 자신의 처지를 밝힐 기회가 다시는 주어지지 않을 것 같았다.

"그때 마음이 좀 급하긴 했어요. 대구로 돌아가고 싶어도 차비가 없다는 말을 반장에게 꼭 해야 할 것 같았죠."

앞장서 걷는 반장을 따라 반 시간쯤 걸었을까. 바닷가 쪽에서 칼바람이 휘몰아쳤다. 아침을 거른 터라 사람의 몸이 바람 타는 문풍지 같았다. 용남 씨는 어금니를 악물었다.

50미터 전방에 조립식 건물 몇 채가 보였다. 순간, 왔던 곳으로 다시 되돌아가고 싶었다.

"고 3 때 읽은 솔제니친의 『수용소군도』를 보는 것 같았어요. 인적이라곤 찾아볼 수 없는 황무지 한가운데 숙소가 있었죠."

1,000여 명이 일하는 숙소는 2인 1실이었다. 이튿날 새벽 5시경 눈을 뜬 용남 씨는 식당으로 달려가 밥부터 챙겼다. 뼛속까지 파고드는 추위를 이겨 내려면 내장부터 채워야 할 것 같았다. 경북 울진군 북면 부구리는 한국판 시베리아나 다름없었다.

"울진 원자력발전소에는 현재 6기의 원자로가 있는데요, 원자력은 두 호기씩 묶어서 건설합니다. 건설 기간은 3~4년 정도 걸리고요. 당시 저는 5호기 건설에 투입되었어요."

오전 6시 40분경 현장에 도착하면 일과는 국민체조와 함께 시작되었다. 용남 씨는 주로 파이프와 철제를 운반하는 이동작업을 하였다. 여전히 추위는 매서웠다. 바다가 지척인 난장에서 일을 하다 보니 잠시만 몸을 늦춰도 바들바들 뼛속까지 추위가 엄습해 왔다.

하루해가 이렇게 길다고 느껴 본 적이 언제였던가. 11시간의 노동을 마치고 숙소로 돌아온 용남 씨는 샤워실 바닥에 주저앉기 일쑤였다. 어제에 이어 오늘도 속옷 재봉선에 돌가루와 페인트 자국이 선명했다.

"다른 알바에 비해 일당(4만 7,000원에서 시작해 마지막에는 5만 3,000원)이 셌던 건 사실이지만 그렇다고 밀물져 오는 비애감까지 훌훌 털어 버릴 수는 없었어요."

일을 마치고 숙소로 돌아오면 수면제를 한 움큼 털어 넣은 것처럼 정신이 몽롱했다. 월간 『좋은 생각』을 펼치긴 했지만 반 페이지 읽는 것조차 힘들었다. 입소문대로 건설 현장은 악으로 안 되면 깡으로, 그마저 먹혀들지 않을 땐 술로 버틸 수밖에 없었다. 대구를 떠나오기 전 54킬로그램이었던 체중이 그새 49킬로그램으로 떨어져 있었다.

학교로부터 차츰 멀어지고 있다는 것을 체감한 건 같은 과 여학생을 통해서였다. 그녀를 만날 체력은 물론이고 정신적 여유마저 이미 바닥난 상태였다. 내 처지에 연애는 무슨, 여러 날을 고민 끝에 용남 씨는 편지 한 통으로 이별을 고했다. 작금 위로가 되어 준 건 한 달 급여로 받은 180만 원이었다.

"그때 왜 그런 생각을 하게 되었는지는 지금도 미스터리지만, 뼈 빠지게 일해 번 돈을 학교에 바친다는 것이 바보처럼 느껴졌어요. 나중

에 대학을 졸업해 초봉으로 그만한 돈을 만질 수 있을지도 의문이었
고요.”

학교를 포기한 용남 씨는 대신 방을 구했다. 가장 기뻐한 사람은 아
버지였다.

그로부터 반 년 뒤 중고 승용차를 구입한 용남 씨는 아버지와 함께
동해안을 내달렸다. 이만큼의 돈으로 아버지를 모실 수만 있다면 더
이상 바랄 게 없었다. 한편 운도 따라 주었다. 그동안 함께 일한 동료
들은 토목공사를 끝으로 뿔뿔이 흩어졌지만 용남 씨에게는 2년의 기
간이 더 주어졌다.

“토목공사를 다 마치면 2년간 시운전에 들어가는데 그 행운이 저에
게 떨어진 거예요. 사실 막노동이나 다름없는 토목공사에 비하면 시
운전은 별로 할 게 없어요. 도면을 봐 가며 이 기에서 저 기로 걸어 다
니는 게 일과의 전부라 할 수 있죠.”

그런데 갑자기 피로가 몰려왔다. 원자력발전소 지정 병원인 아산병
원에서 갑상선기능저하증 확진을 받은 용남 씨는 며칠 고민에 빠졌
다. 언론에 오르내리는 방사능 피해 때문이었다. 그렇다고 당장 직장
을 그만둘 형편도 못되었다.

조장으로 승진한 건 용남 씨의 나이 24세 때였다. 그러나 시간이 별
로 없었다. 시운전을 마치고 나면 곧이어 7, 8호기를 세울 토목공사가
진행될 거라는 소문만 무성할 뿐 어디에도 그 실체는 보이지 않았다.

마음의 빛

원자력발전소에서 퇴사한 지도 어느덧 두 달째, 예금통장의 잔고가 간댕간댕했다. 고등학교 시절 성심껏 글쓰기 지도를 해 준 기간제교사와 연락이 닿은 용남 씨는 대구로 향했다.

"은행의 돈과 귀금속, 중요한 서류를 운송하는 보안운송업체였는데, 저로서도 좀 뜻밖이다 싶었어요. 이력서를 넣을 때만 해도 묻지 마 지원이었거든요."

합격 통보와 함께 다음 주 월요일부터 출근하라는 전화를 받은 날이었다. 오전 7시 출근에 오후 9시 퇴근이 좀 걸리긴 했지만 현재의 상황에서 이것저것 따질 겨를이 없었다. 대구에 도착한 용남 씨는 우선 보안운송업체 사무실이 있는 장기동에서부터 저인망식으로 훑어 나갔다. 거리 가깝고 한 푼이라도 더 값싼 방을 구하기 위해서였다.

"제가 맡은 업무는 주로 대구은행 본점에서 포항 지역 각 지점으로 내려갈 서류를 운송한 뒤, 다시 포항에서 대구로 가져갈 서류를 운송하는 일이었어요."

그렇게 며칠이 지나고 있었다. 처음 생각과 다르게 용남 씨는 하루 14시간 노동을 묵인하기로 마음먹었다.

"오후 5시경 업무를 마감하는 포항 지점의 은행들만 도는 데도 족히 두 시간이 걸리더라고요. 대신 점심 무렵부터 오후 3시까지 휴식 시간이 주어졌어요."

그 세 시간을 용남 씨는 책을 읽으며 보냈다. 아울러 주말에는 도서관을 찾아가 글을 썼다. 인간의 노동이 생계에 초점이 맞춰져 있다면 적어도 그 가치만큼은 독서와 글쓰기를 통해 얻고 싶었다. 해마다 5월이면 광주를 찾는 것도 그런 일환 중 하나였다.

"몸이 진 빚은 언제든 돈이 생겼을 때 갚으면 되지만 마음의 빚은 그것과 좀 달라 보였죠. 스스로 진 빚일수록 어떤 소중함이 느껴졌다고 할까요."

마음의 빚을 강조하던 그가 2007년도에 쓴 시라며 '해파리 이력서'를 내밀었다.

내 사진이 붙은 수십 장의 이력서들은 지금도/ 해류에 이리저리 휩쓸리다 / 암초에 걸려 찢기기도 하면서/ 온 곳을 몰라 바다 한가운데를 떠다니고 있다 / 가끔은/ 저 낯선 미래를 더듬거리다 갈 곳을 잃은/ 내 이력서들에게 미안해질 때가 있다

연애

지금의 아내를 만난 건 보안운송업체에서 일한 지 반 년쯤 지나서였다. 솔직히 4년 전만 하더라도 용남 씨는 이성에 별 관심이 없었다. 연애할 시간에 한 자라도 더 읽거나 쓰고 싶었다. 그리고 그에게는 부양할 아버지가 계셨다.

"(은)행원들 중에서 아내의 표정이 제일 밝았다고 할까요. 상대방의
말을 흔쾌히 잘 받아 주고, 무엇보다 상대방을 한순간에 쾌활하게 만
드는 묘한 장점을 갖고 있었습니다."

그렇다면 그의 아내 김은정은 씨는 4년 전 용남 씨를 어떤 모습으
로 기억하고 있을까.

"점심을 먹을 때 보면 함께 일하는 행원들 입에서 저 총각은 뒷모습
이 참 재밌게 생겼다는 우스갯말이 심심찮게 흘러나왔죠. 현금 수송
을 담당하는 직원답지 않게 늘 껑충껑충, 뒷모습이 얼마나 우스꽝스

러웠는지 몰라요."

두 사람이 일터 밖에서 처음 만난 곳은 두호동 동사무소 앞이었다. 고백건대 은정 씨는 그날 별생각 없이 집을 나섰다. 두 사람 모두 은행과 관련한 일을 하고 있어서 업무의 연장쯤으로 여겼을 뿐이다. 물론 색다른 점이 한 가지 있긴 있었다. 나이에 걸맞지 않게 용남 씨의 목소리와 행동거지가 왠지 조숙해 보였다.

"둘만의 첫 만남은 남들과 크게 다르지 않았어요. 점심을 먹은 뒤 영화를 한 편 봤으니까요."

정식으로 사귀어 보고 싶다는 말을 먼저 꺼낸 사람은 용남 씨였다. 하지만 은정 씨는 그 말을 듣는 순간 한 걸음 옆으로 비켜섰다. 상대에 대해 아직 아는 게 별로 없기도 하거니와 그보다 먼저 두 사람의 나이차가 마음에 걸렸다.

"그 무렵이 저한테는 무엇이든 쉽게 결정할 수 없는 때였죠. 앞으로 몇 개월 후면 나이가 20대에서 30대로 넘어가는 길목에 있었어요."

그랬던 마음이 한 뼘 한 뼘 열린 건 용남 씨의 독서하는 모습을 지켜보면서였다. 외유내강의 남자를 결혼상대로 꿈꿔 온 그로서는 매번 거절만 하는 것도 도리가 아니라는 생각이 들었다. 그렇지만 정작 은정 씨는 일주일이 다 지나도록 아직 그 답을 주지 못한 채였다.

한편 용남 씨는 일주일이 다 지나도록 이렇다 할 반응이 없자 얼마간 날짜를 다시 주었다. 그때까지 기다려 본 뒤 그래도 답을 주지 않으면 이쯤에서 마침표를 찍을 생각이었다.

"답을 받은 날이 2006년 2월 28일이었어요. 며칠 뒤 주말을 맞아

태백으로 여행을 떠났는데, 프러포즈만큼은 꼭 태백에서 하고 싶었어
요.”

“답을 준 건 사실이지만 그렇다고 제 마음이 기뻤던 것만은 아니에
요. 첫 여행에서 그것도 미지나 다름없는 태백에서 프러포즈를 받을
거라고 누군들 상상이나 했겠어요. 그런데 참 이상하죠. 한 남자가 태
어난 고향에서 프러포즈를 받고 나니 어떤 진정성이 느껴졌어요. 아,
이 사람이 정말 나를 결혼상대로 정하긴 했구나! 순간 모든 걸 내려
놓을 수밖에 없었죠.”

은정 씨의 마음을 더욱 강하게 잡아끈 건 비단 이색적인 프러포즈
만은 아니었다. 은정 씨보다 네 살 아래인 용남 씨는 또래들과 달리
과대포장을 무척 싫어했다.

“저희들 연애할 때 밸런타인이나 화이트데이는 아예 접고 지냈어요.
선물 좀 없느냐 물으면 뭐란 줄 아세요? 농어민날에 이딴 걸 왜 사느
냐며 오히려 핀잔을 줬어요. 물론 저도 상업성을 부추기는 이벤트를
썩 좋아하진 않아요.”

그 무렵 용남 씨는 자신이 근무하는 직장의 노동조합을 설립코자
발 벗고 나섰다. 헌법과 인권이 존재하는 나라라면 응당 노동조합도
민주주의의 한 축이 될 것이라 여겼다. 하지만 그 결과는 참담했다. 불
과 사흘 전만 하더라도 모일 모시에 지사장을 면담한 뒤 우리의 의견
을 본사에 전달하는 쪽으로 의견이 모아졌지만, 당일 실천에 옮긴 사
람은 50명 중 고작 3명뿐이었다.

“퇴직금 400만 원을 받아 회사를 떠나는데 마음이 좀 착잡했죠. 그

동안 읽은 책의 내용과 현실의 괴리가 마치 건널 수 없는 강처럼 여겨진 것도 사실이고요. 동료들의 배신에 울분을 참지 못하고 한 달 가까이 술만 마셔 댔습니다.”

끝과 시작이 이렇듯 꼬일 줄이야……. 사직서를 제출하고 나자 결혼 이야기가 튀어나왔다. 그때 문득 용남 씨의 머리를 스쳐 간 건 결혼을 전제로 만나고 있는 그녀의 나이였다. 자신이 느긋할 때 상대의 마음은 바빠질 수도 있었다.

기자가 되고 싶었다

컴퓨터를 켠 용남 씨는 구직 검색에 열을 올렸다. 그때 시선이 멎은 곳은 모 신문사의 채용 공고였다. 이번에도 그는 되면 좋고 안 되도 그만인 묻지 마 지원을 할 생각이었다. 대학졸업자나 졸업 예정자를 뽑는다는 학력 조건 때문이었다. 그런데 이 무슨 횡재란 말인가! 예상치 못한 전화에 그는 자신이 제출한 이력서를 꼼꼼히 검토했는지 그 점부터 다시 물었다.

“누구나 다 아는 것처럼 학력과 관련한 문제는 지금 당장 채울 수 있는 문제가 아니지 않나요.”

면접시험을 마친 뒤였다. 면접관이 서류를 한 번 더 검토하더니 손바닥 크기의 쪽지를 한 장 내밀었다.

"잠깐 무엇에 홀린 기분이었다고 할까요. '5월 1일 10시까지 출근하라.'라고 쓴 쪽지를 보는 순간 아무 생각도 나지 않았어요."

마치 누군가 시켜서 하는 사람처럼 용남 씨는 먼저 아버지에게 전화를 걸었다. 기자가 되었다는 말에 아버지는 차마 말문을 열지 못했다. 얼마 전 결혼 얘기를 다시 꺼낸 여자 친구는 지금 곧 포항으로 내려오라며 졸랐다.

"첫 취재지가 대구의 모 구청이었는데 하필이면 첫날에 못 볼 것을 보고 말았어요. 브리핑실에 모인 기자들이 글쎄 일말의 거리낌도 없이 구청에서 제공한 점심을 당연한 듯 받아먹지 뭐예요."

두 기자의 만류에도 아랑곳, 잠깐 화장실을 다녀오겠다며 건물 밖으로 나온 용남 씨는 식당이 있는 쪽으로 걸음을 옮겼다. 지금 당장 기자를 그만둘지언정 내 밥은 내가 땀 흘려 번 돈으로 직접 해결하고 싶었다.

"제 마지막 기사는 모 초등학교 2학년에 재학 중인 서현 군의 차량 뺑소니 사건이었어요. 그런데 다음 날 뜻밖의 일이 발생하고 말았어요. 대다수 언론이 너무 가볍게 여겨 파고들었더니 모 경찰서 형사 과장으로부터 전화가 걸려 온 거예요. 보름 전에 이미 자연사로 판명이 난 사건인데 왜 유독 시민일보만 뒤캐기를 하느냐는 거였죠."

사실 서현 군 사건의 기사를 사흘째 연달아 쓸 수 있었던 것은 한 목격자의 도움이 컸다. 목격자의 말에 따르면 서현 군이 교문 안으로 들어설 때 학교에서 나오는 차량이 있었다.

"미심쩍다 싶을 때는 언제고 다시 들이대는 게 육하원칙 아닐까요?

신문사 사주의 뇌물죄 구속으로 서현 군 기사가 3회에서 멈추고 말았지만 나중에라도 이 사건이 좀 더 분명하고 명확하게 정리되기를 바라는 마음이에요. 부검 결과 서현 군의 사망 원인이 기흉에서 비롯된 것은 맞지만, 만에 하나 그 원인이 목격자의 말대로 외부 충격이나 교통사고로 인한 충격에서 발생됐다면 진실은 달라질 수도 있기 때문이에요.”

비록 짧은 두 달이었지만 용남 씨에게 이처럼 기자생활 경험은 무엇과도 바꿀 수 없는 소중한 시간이었다. 여행 중 간이 정거장에서 누군가로부터 한 줌 햇살을 선물로 받은 기분이었다고 할까. 어제보다 시야가 한 뼘 정도 더 넓어진 것 같았다.

아버지의 빈자리를 아내가 채웠다

며칠 전부터 아버지의 행동거지가 좀 이상해 보였다. 마치 치매를 앓는 사람처럼 아침과 저녁을 구분 못하더니 설상가상으로 혼잣말이 예사였다.

“그런 아버지를 셋방에 홀로 남겨 두고 포항으로 내려가려니까 발길이 잘 떨어지지 않았어요. 아마 처음으로 세상을 원망했던 것 같아요.”

하루걸러 포항에서 대구를 오르내렸지만 호전될 기미는 보이지 않

있다. 간경화까지 겹치면서 아버지의 건강은 예전보다 더욱 악화되고
말았다. 마땅한 지점을 찾지 못해 아버지를 병원에 입원시킨 용남 씨
는 24시간 간병을 붙였다. 아들인 자신이 직접 아버지를 지켜 드리고
싶었지만 사정이 여의치 못했다. 병원비에 간병비까지, 앞으로 들어갈
돈이 한두 푼 아니었다.

간병인으로부터 전화를 받은 건 오전 10시경이었다. 무인카메라 과
속 단속에 찍혀 가며 차를 몰았지만 병원에 도착했을 때 아버지는 이
미 눈을 감은 채였다.

"언젠가 떠나시리라는 것을 알고 있었기에 큰 욕심은 부리지 않았
어요. 다만 잘 가시라는, 이 한마디를 건넬 수 있는 시간만 허락해 주

길 간절히 바랐어요."

누구보다 고마운 사람은 지금의 아내였다. 아직 혼인 전인데도 아내는 장례를 다 마치도록 함께 자리를 지켜 주었다.

시아버지에 대한 이야기가 나오자 은정 씨의 표정이 그만 시무룩해지고 말았다.

"사망 소식을 듣고 가슴이 좀 먹먹했죠. 결혼 전에 몇 번 찾아뵌 적 있어 죄송한 마음은 덜했지만, 시부모님을 모시고 사는 것에 대해 별다른 거부감이 없었기에 아쉬움이 더 클 수밖에 없었습니다."

결혼과 함께 얼마 전 시아버지의 첫 제사를 지내는 날이었다. 음식을 장만하다 말고 은정 씨는 울컥 목이 멨다. 이 밥상을 살아 계실 적에 차려 드릴 수 있었다면 얼마나 좋을까, 내내 그 생각뿐이었다.

대구로 돌아갈 막차 시간에 맞춰 터미널로 향하는 길이었다. 포항의 모 중소형 기업에서 공장 관리 업무를 맡고 있는 용남 씨가 지나가는 소리로 한마디 던졌다.

"내년에 식구가 하나 더 늘 것 같네요."

이게 무슨 소린가. 뒤통수를 한 대 얻어맞은 기분이었다. 두 사람의 보금자리인 아파트에서 이야기를 나눌 때만 해도 여기에 대한 이야기가 일체 없었던 것이다.

용남 씨를 대신해 입을 연 사람은 승용차 뒷좌석에 앉은 은정 씨였다.

"내년쯤에나 가질까 했는데 시아버지께서 바쁘셨던 모양입니다. 생전에 이 말씀을 몇 번 하셨거든요. 진짜 가정은 그 집에 아이가 태어났을 때 완성된다고요."

　뒷좌석에 앉아 있어 은정 씨의 표정을 직접 살필 수는 없었지만 갑자기 차 안이 훈훈해졌다. 두 사람이 세 사람이 되고 세 사람이 네 사람이 되는, 그렇게 가정을 이뤄 갈 두 사람의 모습이 한 폭 그림을 보는 듯했다.

나는 대학에 가지 않았다

펴낸날	초판 1쇄 2012년 11월 16일
	초판 8쇄 2017년 6월 5일
지은이	박영희
펴낸이	심만수
펴낸곳	(주)살림출판사
출판등록	1989년 11월 1일 제9-210호
주소	경기도 파주시 광인사길 30
전화	031-955-1350 팩스 031-624-1356
홈페이지	http://www.sallimbooks.com
이메일	book@sallimbooks.com

ISBN   978-89-522-2160-5   03810

살림Friends는 (주)살림출판사의 청소년 브랜드입니다.

※ 값은 뒤표지에 있습니다.
※ 잘못 만들어진 책은 구입하신 서점에서 바꾸어 드립니다.